轨

ORBITAL

道

〔英〕萨曼莎·哈维(Samantha Harvey) 著

林庆新 译

中国出版集团
中译出版社

To 'Orbital' readers in China; I hope you'll find beauty in this book and will feel inspired to look at images of the earth from the ISS and from Tiangong. Many parts of China are breathtaking from low earth orbit.

致《轨道》的中国读者：我希望你们能在这本书中发现美，通过国际空间站或天宫空间站的视角观察地球时，希望你们也能受到鼓舞。从近地轨道上看，中国的许多地方都美得让人叹为观止。

——萨曼莎·哈维

萨曼莎·哈维的书房

萨曼莎·哈维的书房

倒数第一圈轨道[1]

——

他们一起乘航天器绕地飞行,既亲密无间,又孤单落寞,他们的内心想法及憧憬常有惊人的交集。他们有时会做相同的梦——梦见分形、蓝色星球、被黑暗吞噬的熟悉面孔,梦见让他们的感官受到巨大冲击的光亮、能量充沛的黑色太空。他们梦见太空像一头野性、原始的豹子,潜伏在他们周围,如影相随。

他们安然躺在悬在空中的睡袋里,在仅仅手掌那么宽的距离之外,隔着一层金属外墙,宇宙以它

---

[1] 空间站每天绕地球轨道16圈,这是开启新一天前的最后一圈轨道。——译者注(若无特殊说明,以下均为译者注)

朴素无华、亘古不变的姿态展现自己的面目。他们的睡眠开始变浅了，随着地球那边黎明的到来，他们的笔记本电脑开始闪烁，带来一天的头条消息；空间站内部的风扇和过滤器嗡嗡转动，永不休眠。前一天晚餐后，餐室没人收拾，显得有些凌乱：脏兮兮的餐叉被磁力牢牢吸附在桌面上，筷子随意插在墙上的袋子里，四个蓝色气球在舱内循环的空气中悠然飘动，还有一面写着"生日快乐"的闪亮箔旗，尽管没有任何人过生日，这不过是他们平凡生活中一次小小的庆典，却是他们所能企及的欢乐极限。剪刀上沾着巧克力的污渍，折叠桌的两个把手间，一条细绳系着一个小毛毡月亮挂饰，为这小小的空间增添了几分温馨。

舷窗外，地球沐浴着皎洁的月光，正以惊人的速度向后退去，而他们则正向着浩瀚无垠的宇宙深处疾驰；太平洋上空的缕缕云团为夜幕中的海洋平添一抹亮色，呈现出深邃的蓝。此刻，圣地亚哥城渐渐浮现于南美洲的海岸线上，其上空飘着一片犹如烈焰般的金色云霞。在观察窗紧闭的防护罩背后，无人知晓西太平洋温暖的洋面上，信风正悄然掠过，酝酿着一场即将到来的热带风暴。这片海域，堪称自然界的热力引擎，海洋深处的热量不断积聚，催生出一片片厚重的云层。它们逐渐变得浓密，盘旋升空，最终，风的力量将这些热量吹散，化作了台风。台风向西席卷，但他们的航天器却选择了一条截然相反的道路，向东缓缓下降，飞向巴塔哥尼亚。远处，极光在地平线上勾勒出一幅幅绚烂多彩的圆顶图案，而平滑如绸的夜空上，银河则如同一道冒着烟的枪弹轨迹，贯穿其间。

此刻，空间站内时间定格在十月初的一个星期二，凌晨四点十五分。窗外，地球的壮丽画卷缓缓展开，阿根廷、南大西洋、开普敦以及津巴布韦的轮廓逐一映入眼帘。飞船的右侧，地球这颗蓝色星球正以她那细腻而柔和的姿态，在初升日光的轻抚下低语，犹如一条流动的光之断层，璀璨夺目。宇航员们静静地穿梭于地球的各个不同时区。

他们每个人都有被煤油火箭弹送入太空的经历。在那个瞬间，太空舱身披烈焰穿越大气层，而他们的身体，则需承受如同背负两只成年黑熊般沉重的压力。他们挺起胸膛，顶住巨大压力，直到那两只无形的"黑熊"逐渐消散于无形。当天空置换成太空时，地心引力的束缚减弱，他们的头发竟在失重状态下悄然竖起。

空间站是一个 H 形的金属结构，悬于在地球上方。他们在空间站里飘来飘去，一共四名宇航员(美国人、日本人、英国人、意大利人)和两名航天员[1](俄罗斯人)，其中有两位女性，四位男性。他们暂居于由十七个连接模块组成的空间站，它以达一万七千英里[2]的时速运行在轨道上，他们是众多宇航员中的最新六人组。现在宇航员已不再稀罕了，他们是地球这个神奇、超凡后院的常驻宇航员。空间站在太空中飞驰，他们则在舱内缓慢地飘浮、打转，身体姿态各异。时而头朝臀部，时而手触脚尖，仿佛在进行一场无重力的舞蹈，时间就这样在旋转与飘浮中悄然流逝。他们预定在这里待九个月左右：九个月的失重飘浮，九个月的头部肿胀，九个月的共处一室，九个月对地球的凝视，最终踏上归途，重返那个始终耐心等待他们凯旋的星球。

某个外星文明或许会发现他们，并勾起他们的好奇心：他们在这里到底干什么？为什么只在同一

---

1 在英文中，俄罗斯宇航员习惯上称 cosmonauts，其他西方国家宇航员称 astronauts，这里作者作了区分，因此把俄罗斯宇航员译为"航天员"。

2 1 英里约为 1.609 千米。

个地方循环往复地转圈？对外星人的这些疑问，答案是：地球。地球就像一张热恋情人的面孔，他们要看着她入睡，看着她醒来，对她的各种习性都感到痴迷。地球是一个等待孩子归来的母亲，她充满喜悦地盼望孩子回家，要讲很多故事给他们听。随着时间的推移，宇航员的骨骼开始疏松，四肢变细，眼里常涌现出难以描述的图像。

第一圈轨道，上升[1]

一

罗曼早早醒来。他钻出睡袋，在黑暗中飘向实验室窗口。我们到哪里啦？我们到了地球的什么位置？现在是夜晚，能看到陆地。在红褐色虚空中出现了一团很大的城市星云；不，是两个城市，约翰内斯堡和比勒陀利亚，它们就像一对双子星，紧挨着。太阳潜伏在大气层边上，在接下来的一分钟内它将跃出地平线，把光辉洒向地球，黎明将会在太阳普照大地之前几秒钟内，匆匆地来了又走。中非和东

1　上升，指航天器在轨道上由南向北的运行方向，也就是穿过赤道从南半球进入北半球的过程。而下降则是指航天器由北向南运动的过程。

非骤然明亮、炎热了起来。

今天是他在太空中的第四百三十四天,他正在执行他的第三次太空任务。他一直保持着计数的习惯:今天是他执行第三次任务的第八十八天。在这次为期九个月的任务中,他总共有大约五百四十个小时的晨练时间,五百次与美国、欧洲和俄罗斯地面机组的早晨会议和下午会议。四千三百二十个日出,四千三百二十个日落,完成约一亿零八百万英里的飞行。还有三十六个星期二,今天是其中之一;五百四十次被迫吞咽牙膏,三十六次换T恤,一百三十五次换内裤(每天换内裤太过昂贵、奢侈了),五十四次换干净袜子。极光、飓风、暴风雨的数量未知,但毫无疑问它们都出现了。当然,还有九个完整的月相周期,他们这位银色伙伴总在安然平静地度过她的阴晴圆缺,尽管他们的日子常常错乱。无论如何,他们每天都会几次看到月亮,有时她也会出现奇怪的扭曲变形。

罗曼在自己的舱室里留着一张记事纸,他在纸添上了第八十八行,这么做不是为了打发时间,而是试图将时间与计数连接起来。否则的话,他将在时间中迷失。他们在培训时就被告知:每天醒来要记一下笔记,告诉自己这是新的一天的早晨。一定提醒自己,这是崭新一天的开始。

确实如此,但在这个新的一天里,他们将绕地球转十六圈。他们将看到十六个日出和十六个日落,十六个白天和十六个黑夜。罗曼抓住窗户旁的扶手,稳住自己的身体;南半球的星星正在飞速隐去。地面的机组告诉他们:你们自己一定要记住,你们与协调世界时绑定,自始至终都要依照这个时间行动。多看手表,以此来锚定自己的思维;早上醒来时,切记要提醒自己,这是全新一天的开始。

确实如此,可在这一天之中,他们将跨越五个大洲,历经春秋两季,穿过冰川和沙漠、荒野和战区。在他们绕地球航行的过程中,他们要适应推力、姿态、速度及传感器令人费解的算法。在光明和黑暗的交替中,每九十分钟就出现一次破晓。在外面短暂的黎明与他们自己的黎明恰好吻合时,他们会感到格外高兴。

月亮在暗夜的最后一分钟低伏于大气层的晨曦之上,近乎圆满,它好像不清楚自己马上就要被白昼湮没。罗曼悄然产生了一种感觉,几个月后他将在家里的卧室挪开妻子的干花(他不知道这些是什么花),推开冻得僵硬的窗扇,从窗口往外望,把身体浸入莫斯科的空气中,这时他会看到同一轮明月,这个月亮就像他从异国他乡度假时带回的纪念品。但这只是片刻的走神,他的思绪又迅速回到空间站看到的月亮——低悬于大气层之外,好像被挤变了形,而不是高悬于他们头上。月亮与他们遥相对望,像一个平等的伙伴——这就是他现在看到的景象,而他对家乡、卧室的短暂遐想转瞬即逝。

肖恩十五岁时在学校上过一堂关于油画《宫娥》(*Las Meninas*)[1]的课。这幅画能让观众掉进迷宫,无法了解它的真相。

他的老师说,这是一幅画中画——仔细看,看这里。在画中,画家委拉斯奎兹正站在画架前画画。他画的是国王和王后,但他们并不在画面上。我们知道他们在室内,那是因为画上有一面镜子,从镜子里能看到国王和王后。而国王和王后所看到的就是我们观众所看的画面,即他们的女儿和女儿的侍女们,这就是这幅画被命名为"宫娥"的缘由。那么,这幅画的主题到底是什么呢?是国王和王后(他们正在被画,虽说他们脸小且苍白,但他们处于背景的

---

1 《宫娥》(西班牙语:*Las Meninas*)是西班牙黄金时代画家委拉斯奎兹在1656年的一幅画作,现收藏于马德里的普拉多博物馆。

中心位置)？还是他们的女儿(她处于画面中心位置，明亮的色调及金黄色头发在暗色调的背景中非常突出)？是公主的侍女们(以及侏儒、监护人和狗)？还是在背景中刚迈进门口，似乎是前来传递消息的那个鬼鬼祟祟的人？抑或委拉斯奎兹本人(他的画家身份通过画中形象得以确认：他在画架旁画国王和王后，也可能在画宫娥)？还是我们观众？我们占据着与国王和王后相同的位置，我们在观察，同时也被委拉斯奎兹和小公主观察，被镜子中的国王和王后观察。难不成此画的主题是艺术本身(艺术是生活的幻觉、花招及计策)？或是生活本身(生活是意识通过感知、梦想和艺术来试图理解生活的一整套幻觉、花招及计策)？

如老师所说，或许它是一幅没有重要主题的画？仅仅是一幅关于房间里一些人和一面镜子的画？

对于十五岁的肖恩来说，他并不想修艺术课程，他决定要成为战斗机飞行员。对他而言，这堂艺术课完全没有意义，它仅仅代表极端的虚无而已。他其实并不喜欢这幅画，也不关心它的主题。也许它只画了人和一面镜子在里面的房间。他对这幅画毫不在意，懒得举手表达自己的解读。他在笔记本上先画上几幅几何图案，接着画了一张某人被绞死的草图。坐在他旁边的女孩看到了他的涂鸦，用肘轻轻地碰了他一下，冲他微笑了一下，一个小小的暧昧微笑。多年后，她成了他的妻子，送给他一张印着《宫娥》的明信片，对她而言，这张明信片象征他们首次约会。几年后，他在俄罗斯接受太空训练时，她用蝇头小字写下了他们艺术老师对该画作的解释，在明信片背面密密麻麻地写满了字。他完全忘记了老师说过什么，但她仍清晰地记得。这并不让他感到惊讶，因为她是他遇到过的最聪明、脑子最好的人。

他把那张明信片放在宇航员住宿区。今天早上醒来，他盯着明信片看，盯着他妻子在背面写下的关于该画的主题和视角的各种可能性。国王、王后、宫娥、公主、镜子、艺术家。他看了很久，比他意识到的时间更长。他的思绪中仍残留着一种梦想未完成的感觉，保留着一丝狂野。当他爬出睡袋，穿上跑步装备，去厨房区喝咖啡时，他看到了阿曼北部伸入波斯湾的岬角、阿拉伯海海军基地上扬起的灰尘，还有印度河三角洲。他知道卡拉奇就在这个三角洲里，白天看不见，但夜晚它像一张巨大、复杂、交错的网格，让他想起自己过去的涂鸦。

根据他们在太空强行使用的时间度量标准，在这个时间混乱的地方，现在是早上六点。其他人正在陆续起床。

─○─

他们俯视下方，明白了地球为何被称为"大地母亲"了。他们时常都有这种感受，自然而然地把地球和母亲联系在一起，反过来这也让他们感觉自己更像孩子。男女通用的整齐发型、统一的制服、短裤、航天食品、用吸管喝的果汁、生日彩旗，统一的早睡早起及强制性地保持纯真的日子，让宇航员在这里瞬间失去自我意识，强烈地感到自己回到天真无邪的孩提时代，感到自己是那么渺小。他们随时可以通过飞船上的玻璃穹顶，仰望他们高高在上的地球母亲。

没有任何时候比现在更能让他们产生这种感觉了。千惠星期五晚上来到厨房时，他们正在准备晚餐，她脸色苍白，一副受到惊吓的样子，她哽咽着说：我妈妈去世了。肖恩立即放下手中的那袋面条，任由它在桌子上面飘浮。彼得罗从三英尺[1]外向她游去，他低头，用一种舞蹈般的方式握住了她的双手，

1　1英尺约为 0.3048 米。

他的动作衔接得如此严丝合缝，你会以为这是他提前预备好的。内尔嘟囔些无人能懂的话，貌似就在问同一个问题——什么？怎么回事？什么时候？什么？——接着她看到千惠苍白的脸突然变红了，内尔的那些话让千惠在忧伤中感到了温暖。

自从听到这个消息后，他们在空间站绕地航行的过程中(好像是在迂回曲折地兜圈子，但事实上绝非如此)就一直望着地球。母亲、母亲、母亲，这两个字在他们的心间回荡着，千惠现在唯一的母亲就是那个绕太阳自转的发光球体。千惠成了孤儿，她的父亲十年前就去世了，而这个球体现在是她能指望给予她生命意义的唯一源泉，没有它就没有生命。这再明白不过了。

他们有时会告诉自己，要有新思维。你在太空轨道上的思想太宏大，太古老了。需要创建一个新的、崭新的、未曾有过的想法。

但新的想法并不存在。它们只是诞生于新时刻的旧思想——而在这些时刻中，只有一个想法：没有地球，我们全都完蛋。没有它的恩典，我们连一秒钟都无法生存，我们是太空船上的水手，航行在一片深邃、黑暗、无法游泳的海洋之中。

他们都不知道该跟千惠说点儿什么，不知道如何安慰一个在太空轨道上经历丧亲之痛的人。你一定会想回家去做最后的道别。但没有说什么的必要了；你只需透过窗户往外瞅，就会看到一片不断扩大和重叠的辉光。从这里看，地球就像天堂，她流淌着瑰丽的色彩，一块希望满满的色彩。我们从地球上仰望天空时，会以为天堂在别处，但宇航员和航天员的想法就不一样：我们这些出生在地球的人都已死过一回了，我们现在所经历的是我们的来世。假如死后必须去一个难以企及、神圣得难以言表的地方，那么这个遥远、玻璃般透亮、带着独一无二光芒的美丽星球就是我们的归宿，我们的天堂。

从第一圈轨道进入第二圈轨道

地面控制中心说:你现在还不是离地球最远的人类。对此你会怎么想呢?

因为今天,四名宇航员开始了前往月球的航程,他们刚超过了太空站离地球二百五十英里的浅层轨道。这四位身穿西装,脚蹬靴子,乘坐一个价值五十亿美元的航天器,披着一身荣光越过了我们太空站。

地面指挥部说:你们被超越了,这是史上第一次。他们开玩笑说:你们已经成了昨日新闻。彼得罗开玩笑回应道:昨日新闻总比明日新闻好。他们应该懂他的意思。作为宇航员,你宁愿永远不成为新闻。千惠心想,她的母亲就在地球上,她的一切都留在那里了。与其看着地球在后视镜中消失,还不如像现在这样用套索将它拴住。安东望着太空观测口,他知道天鹰座和仙女座在哪里,尽管他不能轻易地在数百万颗星星中辨认出它们。他很累,在这里睡得不太好,他的脑袋受时差反映影响,常有错乱的感觉。土星就在那儿,形状像飞机的天鹰座在那儿,而月亮仅一箭之遥,他想他总有一天会登上月球的。

每天早晨,他们都浑身冒汗,喘着粗气,在那里使劲举重、骑车、跑步,每天两个小时。这时他们的身体不是悬浮着,而是强迫自己经受地心引力的考验。在航天器的俄罗斯区段,安东在骑自行车,以此来摆脱睡意。罗曼则在跑步机上跑步。离他们三个模块远的非俄罗斯区段,内尔在做卧推,她看见自己渗出汗水的肌肉在活塞和飞轮模拟的重力下扭动。她的身体纤细、结实,但肌肉线条并不明显,无论你在健身房的这两个小时里如何用力推举和踩踏板,身体每天仍然有二十二个小时是在没有力量对抗中度过的。在她旁边,彼得罗把自己系在美国跑步机上跑步,他闭着眼睛听艾灵顿公爵的音乐,脑海里浮现着艾米利亚-罗马涅[1]的野薄荷草原。在下一个模块，千惠咬紧牙关在高阻力下骑车，并数着踩踏板的节奏。

在这个微重力环境里，你就像在温暖天气中一只飘浮的海鸟，是飘浮哦。二头肌、小腿肌肉、强壮的胫骨都没啥用；肌肉多有什么用？腿的作用也成为过去了。但是，他们六个人每天都必须抵抗这种四肢功能退化的趋势。他们戴上耳机，或举重，或在没有座位或把手的自行车上以声速的二十三倍骑行（脚踏板被连接到一个装置上），或在一个光滑的金属模块内跑八英里，边跑边近距离观测旋转中的地球。

有时候，他们渴望能遭遇刺骨的寒风和暴风雨，渴望看见凋零的秋叶、冻得发红的手指、沾满泥巴的双腿、活蹦乱跳的狗狗、胆小的兔子、跳跃的小鹿、小水坑、湿漉漉的脚、缓坡、跑友、阳光。有时候，他们无动于衷，臣服于密封空间站中发出的平静、无风的嗡嗡声。在他们跑步，骑车，推举和按压这段时间里，几个大陆和海洋在他们的脚下悄悄滑过——丁香色的北极、俄罗斯东部渐行渐远。太平洋海面风暴变强了，然后是遥远的巴西港口的夜景、乍得的山地沙漠、俄罗斯南部、蒙古国，然后太平洋

---

1 意大利中北部行政区。

再次出现。

蒙古国或俄罗斯最东部荒野地区的任何人,或者至少是知情者都会知道,此时此刻,在寒冷的下午时分,在任何飞机都无法企及的高空中,一座空间站正经过此地,里面有一人在用腿举着杠铃,她在努力抵制失重的诱惑,锻炼自己的腿部肌肉,让自己的骨骼不会跟鸟儿一样柔软。否则,当她重返地球时,这位可怜的宇航员将会遇到各种麻烦,因为在地球上,腿的作用举足轻重。假如她不举重、出汗和按压,她也有可能经受住飞行器重新进入大气层时的炙热和翻滚,只是被人从舱里抬出来后,她会支撑不住自己的身体,像个纸鹤。

在太空轨道上的某时某刻,他们每个人都会产生一种强烈的愿望——永远不离开这里。突如其来的幸福感向他们袭来。他们会发现幸福无处不在,幸福往往从最平淡的地方冒出来——从实验舱,从袋装的意大利肉汁烩饭和法国锅菜,从屏幕、开关和通风口的面板上,从由钛、凯芙拉合成纤维和钢管建成的极其窄小的空间里(他们被困其间),从那些既是地板又是墙壁,既是墙壁又是天花板,既是天花板又是地板的地方向他们袭来。从那些能把脚指头磨痛的扶手里，或称扶脚更合适；从那些可怕的气闸舱里，储藏的航天服里，一切与太空生活相关的事情——也就是一切——都以幸福的形式向他们袭来。不是他们不想回家，而是因为家是一个已经坍塌的概念——家变得如此之大，如此膨胀，如此充盈，以致它已向内坍塌了。

在开始执行这些任务时，他们每个人都会想念家人，有时候想得紧，要把心窝掏出来的那种想念；现在，因现实需要，他们已意识到他们的家就在这里，这里的人都知道自己所知道的，看到自己所看到的，跟他们无须解释什么。当他们回到地球的家后，他们该从什么地方开始向家人描述发生在自己身上的事情？该如何让家人重新理解他们？他们是干什么的？他们从窗口望出去，看到太阳能板向远方的虚无中延伸，除此之外，他们不想要任何其他景象。世界上没有任何铆钉能够取代窗框周围的这些铆钉。他们希望自己的余生都能用上铺着垫子的廊道，都能听到空间站持续的嗡嗡声。

他们能感觉，太空试图让他们摆脱固有时间概念。太空问：什么是一天？他们坚持认为一天是二十四小时，地面机组人员也一直这样告诉他们。但太空在他们的二十四小时内粗暴地强塞给他们十六个白天和十六个黑夜。他们依赖二十四小时制的时钟，因为这是他们备受时间束缚的脆弱身体所知道的一切——睡眠、排便及所有与时间相关的事物。但是就在第一周内，他们的思维已经获得了解放，他们身处一个怪异的时区，不断地朝着地球飞驰而来的地平线冲浪。白天刚刚到来不久，他们就看到夜色匆匆赶来，犹如乌云翻滚，迅速笼罩麦田。四十五分钟之后，白天再次降临，光辉洒满太平洋。这一切大大超出了他们的想象。

现在，当他们从俄罗斯东部斜穿鄂霍次克海向南追踪时，日本出现在午后的淡紫灰色云雾中。他们的轨道与狭长的千岛群岛相交，这些岛屿就像一条细线，在日本和俄罗斯之间形成了一条久远的通道。在光影朦胧中，这些岛屿在千惠看来像是一串正在干涸的脚印。她的国家像一个徘徊在水面上的鬼魂，是她记忆中的一个梦，它斜挎在海上，身板纤细。

她一边在实验室的窗户外望着，一边擦干锻炼后身上的汗水。她失重的身体有点儿上下浮动，但基本上能保持稳定、垂直。如果她能在轨道上度过余生，那一切都会好起来。但她回到地球时，母亲已经不在了；就像在音乐椅游戏中，座位总要比参加游戏的人少一个，但只要音乐还在播放，座位的数量就无关紧要，每个人都在游戏中。你不能停下来，你必须继续前进。你拥有这个辉煌的轨道，你在轨道上时，没有什么可以干涉你，没有什么能触及你。当这个星球在空中飞驰，而你那沉醉在时间中的大脑也在光明和黑暗中追逐它时，一切都不会结束。这里不可能有终点，只有无尽的循环。

不要回去，永远停留在这里。海面上奶油色的光线优雅美丽，温柔的白云在潮汐中漂浮。用变焦镜头可以看到富士山顶上的第一场落雪，看到她孩提时代曾游过泳的长良川，它就像一个美丽的银色手镯。在这里，完美无瑕的太阳能阵列正吸吮着阳光。

从太空站上看，人类只在夜间出现。人类就是城市的光和道路上的照明灯。白天，这些都消失了，隐形于众目睽睽之下。

在这条轨道上，今天十六圈轨道中的第二圈，如果他们的观察时间足够长，他们可以完整地观察地球一圈，但仍然看不到人类或动物的痕迹。

他们接近西非时，正好在破晓时分。日光洒在辽阔的大地上，遮蔽了肉眼可见的任何人类地标。

他们穿过整个西北非、南欧、高加索和里海、俄罗斯南部、蒙古国、中国东部、日本北部，这些地区都笼罩在一片白光之中。当夜幕降临西太平洋时，视野中没有陆地，没有城市灯光来昭示人类的存在。在这条轨道上，夜间经过的都是海洋和一片漆黑，悄悄地穿过新西兰和南美洲之间的中太平洋，绕过阿根廷，再回到非洲，就在海洋即将结束，利比里亚、加纳和塞拉利昂的海岸渐渐显现时，太阳冲破黑夜磅礴而出，整个北半球再次明亮起来，全然没有人类痕迹，只有海洋、湖泊、平原、沙漠、山脉、河口、三角洲、森林和冰川。

当他们绕地巡航时，他们就像星际旅行者那样发现处女地。早餐前他们往外一瞧，说道：船长，看起来那里没人居住。我们相信，这是一个崩溃文明的遗迹。推进器准备，我们要着陆了。

第三圈轨道，上升

一

彼得罗在早餐上问，空间站为什么不能装饰得像一座旧农舍？带花纹壁纸和橡木横梁那种，假橡木横梁，轻便、不易燃。为何不能有旧扶手椅之类的东西？就像旧意大利农舍或英国农舍里的那种。

大家都看着内尔，她是英国人。她耸耸肩，在食品袋里的珍珠大麦粥里翻找着什么，那是罗曼和安东让她从俄罗斯食品库取的，她在搅拌着粥。

或者像一座日本老房子，更轻便，东西更少，千惠说。

我选日本房子，肖恩说道。他像天使一样飘浮在他们的上方，用汤匙朝千惠指了指，仿佛刚刚有了什么想法似的。我曾经去过一座很棒的日本房子，在广岛，类似于民宿，由美国基督徒经营，他说。

你们美国基督徒可真是无处不在啊，千惠说。她用筷子夹起一块三文鱼。

对啊，即便离开地球，你们也无法甩掉我们。

我们很快就会甩掉你的，罗曼说。

哦，但你们也会返回地球的，那可是我们生息繁衍的地方，肖恩回答道。他环顾四周，点头说，我喜欢将这个地方打扮成一座日本老房子。

彼得罗吃完麦片，将勺子贴在磁性托盘上说，你知道当这个机会到来时，我期待什么吗？我最期待的是那些我不需要的东西，无意义的东西。比如架子上的一件没有意义的装饰品，一块地毯。

罗曼笑了，嗯，不是酒精或性爱，只是一块地毯。

我可没说我会在地毯上做什么。

安东回答道，对，你没说，也请你不要说。

你会做什么呢？内尔问道。

千惠眨了眨眼说：是啊，彼得罗，你会在地毯上做什么？

彼得罗回答道——躺在上面，梦想太空。

白天向他们袭来，宛如一道弹幕。

彼得罗将去监测微生物，这些微生物可以告诉他们更多关于飞船上存在的病毒、真菌和细菌的信息。千惠将继续培养蛋白晶体，并通过磁共振成像检查大脑，以观测微重力对神经功能的影响。肖恩将监测拟南芥，观察在缺乏重力和光线的情况下植物根部的生长情况。千惠和内尔将检查和收集四十只实验鼠的数据，它们将透露太空中的肌肉萎缩情况。稍后，肖恩和内尔将进行易燃性试验。罗曼和安东将检修俄罗斯的氧气发生器，并培植心脏细胞。安东将给卷心菜和矮秆小麦浇水。他们都将汇报自己是否头痛，头疼的部位及程度。他们都会在某个时候拿起相机，来到地球观测口，拍摄清单上出现的每个位置，尤其是那些非常特别的地方。他们将更换烟雾探测器，更换水补给箱中第二槽的水补给罐，并在第三槽安装一个新的罐子；他们还会清洁浴室和厨房，修理经常坏掉的马桶。他们的日程规划清单用缩写来表示，如 MOP，MPC，PGP，RR，MRI，CEO，OESI，WRT 替代 WSS，T-T-A-B。

在今天的"特别兴趣清单"上，其中一项比别的都重要，那就是正在西太平洋上空形成，并朝印度尼西亚和菲律宾方向移动的台风,它的威力似乎突然增强了。他们在目前的位置上还看不到这个台风,但再过两圈轨道,他们将向西移动并追上它。他们能拍照和录像吗?能确认卫星图像吗?能评论它的大小和速度吗?他们已经习惯了干这些活,因为他们还兼任天气预报及早期预警工作。他们注意到哪些轨道将穿过台风路径——今天早上第四圈、第五圈和第六圈轨道中向南移动的部分,今晚第十三圈和第十四圈轨道中向北移动的部分,尽管到那时他们会回到床上睡觉。

清晨那会儿,内尔收到了她哥哥的电子邮件,说他得了流感。这让她意识到自己已经很久没有生病了。在太空,她感觉自己的身体又年轻了,除了大家都有的太空头痛,她没有什么病痛,而且对她来说太空头痛也很少。这就是脱离重力的好处,关节没压力,思想也没压力,因为没有选择,你的日子早就以分钟为单位,被按部就班地固定在日程表上。你必须听命于人,必须早早睡觉,通常累得筋疲力尽。你必须早早起床,开始新的一天。唯一能选择的就是吃什么,但食物的选择也非常有限。

她哥哥在电子邮件中半开玩笑地说,他讨厌生病,他觉得她和另外五个人待在一起一定很美好,他称他们为飘浮家庭。可是，美好这个词用在这里略显怪异，这里的一切都很残酷、没人性、势不可挡、孤独、非同寻常、壮丽，可没有一件事是"美好"的。她想要把这个想法告诉她哥哥，但又感觉自己像是在抬杠，或是在驳他的面子。因此，她在回信中仅仅表达了自己的爱，并附上几张照片：一张塞文河口日出，一张月亮，还有一张千惠和安东在观察窗口的合照。她常常不知道该和家人诉说什么，这里的事情不是太平凡，就是太惊人。似乎缺少中间地带，缺少平常的八卦、卿卿我我和命运的起落；这里有太多的循环和重复。他们常沉溺于思考自己为何会快速地进入一无所获的境界。

对她来说，这事儿有点儿蹊跷：一个人对冒险、自由和探索的梦想，最高不过是立志成为一名宇航员。然后，你来到太空了，却发现自己被困在这里，整天都在打包开包，在实验室里的豌豆苗和棉花根之间忙碌。一直都是在同一个地方打转，不断地循环往复。

这不是抱怨。天啊，不，这绝不是抱怨。

不要侵犯内心隐私，这是他们心照不宣的规则。无论空间还是隐私都已经少得可怜，他们被困在一个窄小的空间里，摩肩接踵，数月如一日地呼吸着彼此反复呼出和吸入的空气。就剩下内心生活这道最后防线了，我们就别再跨越这条鲁比肯河了。[1]

有一个概念叫作"飘浮家庭"。但这并不是一般意义上的家庭，比家庭既要密切得多，也要松散得多。在某段时间里，他们是彼此的一切，因为他们是这里唯一的生灵。他们是彼此的伴侣、同事、导师、医生、牙医、理发师。在太空行走、发射、再次进入大气层及出现险情时，他们是彼此的生命线。对他们而言，每个人都代表了人类——他们中的每个人都代表着数十亿人。缺少了地球上的家庭、动物、天气、性、水、树木，他们只能凑合着应付了。步行！有些日子，他们只想步行，或者是躺下来休息。当他们思念家乡和亲人时，当地球遥不可及，他们身心连续数日被郁闷困住时，连欣赏太阳在北极的余晖也无法让他们振作。这时，他们必须从飞船上某个人的脸上找到支撑他们继续前行的动力，找到某些安慰。可他们并不总能做到。某些时候，内尔看着肖恩时，可能会心怀怨恨，因为他未成为自己的丈夫。安东某天早上起来看到他们，可能会感到郁闷，因

---

[1] 鲁比肯河是意大利和高卢的界河。公元前49年，恺撒带兵越过鲁比肯河，从而引发了战争。

为他女儿、儿子或他所爱的人及一切都不在自己的视线中。这很正常。但在另一些日子，他们再次看这五人中的某一位，会发现他/她的微笑、专注或吃饭的方式与他们所爱的人惊人地一致。他们五人是人类属性凝聚而成的团体，对他们而言，人类不再是一个充满令人困惑的差异性和距离感的物种，而是他们可以亲近的同类。

他们之前曾谈论过他们经常感受到的融合感。他们彼此并不能完全区分开来，他们与空间站也无法完全区分开来。无论他们来这里之前是什么样子，无论他们的训练、背景、动机或性格有多大差异，无论他们来自哪个国家，无论他们的国家是否发生过冲突，宇宙飞船都有一种微妙力量，使他们彼此变得平等。飞船在执行其绕地飞行的完美编排，而他们就是飞船飞行及功能的编排者。安东——安静、幽默、干练，他看电影时或看窗外的景象时，会公然哭泣起来。安东是宇宙飞船的心脏；彼得罗是它的大脑；罗曼（现任指令长，灵巧而能干，能修复任何东西，能以毫米级精度控制机械臂，在最复杂的电路板上布线）是它的手；肖恩是它的灵魂（肖恩在那里的任务是说服每个人，他们有灵魂）；千惠（有条不紊、公正、睿智，无法完全定义或捉摸）是它的良知；

内尔(拥有八升的潜水肺活量)是它的呼吸器官。

他们可能会觉得这个比喻有点儿荒唐,不可理喻,但这无损于这一不可动摇的信念。近地轨道飞行让他们有一种合成一体的感觉,整个空间站都活了,变成了他们身体的一部分。他们曾经认为,生活在一个复杂的生命维持机器中是危险的,它可能在任何部件出现故障时立即经历灭顶之灾。任何一次火灾、氨泄漏、辐射、陨石撞击都能导致这样的结果。有时候他们确实会有这种感觉,但在通常的情况下,他们并没有这种感觉,毕竟所有的生物也都同样存活于被称为身体的生命维持机器中,而所有机器都有失效的一天。虽然他们知道,这部机器肯定是脆弱的,但它的飞行范围只限于固定轨道,这是一个几乎没有什么意外的地方,所有的未知都被预先想到了:一天二十四小时,一周七天连续无间断的监视、全天候的监测、全方位的报警系统、周到的安保、几乎没有任何尖锐物体、没有绊倒的危险、没有东西会掉下来。这里并不存在地球上的自由活动所带来的多重危险:你在地球上可以自由行走,没有监视,没有限制,但却受到悬崖、高处、道路、枪支、蚊子、传染病、裂缝和八百万种物种为生存而相互竞争的威胁。

有时候，他们会突发奇思：他们被封锁在一艘游弋于真空深处的潜艇里，离开那里会让他们感到更不安全。当他们将来以陌生人的身份重新出现在地球上，他们需要像外星人一样重新认识这个疯狂的新世界。

第三圈轨道,下降

一

想象有一间房。一个位于日本海岛上的木屋,纸质滑动门敞开着,通向花园,榻榻米地板被阳光晒得破旧、发白。想象一只蝴蝶停在厨房水槽上的水龙头上,一只蜻蜓停在可折叠的床垫上,一只蜘蛛藏在前门廊的拖鞋里。

想象一所老旧的木屋,里面的木头摸起来光溜溜的。这所木屋饱受潮湿、炎热和风雪的摧残,地震也让它变得凌乱不堪。然后想象一对年轻男女弯着腰,在屋外的菜地上劳作。八月阴沉的天空压得人喘不过气来。南瓜长势良好,数量不少,它们的个头很大,恰如夏日的满月。这里只听得到海涛声。不,也能听到蝉鸣声、蟋蟀鸣声、牛蛙叫声、女人的拔草声、男人在锄地间歇时发出的轻快声音，以及海涛声。

随着岁月的流逝和季节的轮转，男人开始连穿裤子都有点儿力不从心了，他不明白为什么自己衰老得这么快，而妻子却仍然精力充沛，步履轻快。他口腔里唾液也变少了，没有人告诉过他，岁数大了身体会变得枯干，他的皮肤、嘴巴和眼睛都很干，他的鼻子已擤不出鼻涕了(不过他还一直在擤)。他的身体显然对消瘦和枯干的突然到访毫无准备。你可能会觉得他的身体像一片叶子，但干枯的叶子是从树枝上掉落下来的，而他还没有准备好像落叶那样枯萎。他在黎明时分起床，站在田埂上，听着牛蛙的呱呱声，把脚趾踩在泥土上。

季节轮回，又过了半年，男人辞世了。女人守着老木屋，在那里撑过她的余生。岁月流逝，又过去了十年，随着暖秋的到来，地里蔓延的南瓜藤上仅剩最后几个南瓜了。南瓜藤、门框和木质台阶上长满了霉菌；清晨，纸隔板有些潮湿。天上出现近来最美的晚霞。女人躺在一个狭窄的台阶上，她身材瘦小，她觉得自己干瘦得像一根扫帚柄。周围都是木头，没有任何人影，所以她不甘示弱，也想变成木头。

你知道，当最后一天来临，她不会情愿在傍晚时分这样躺在台阶上，做出一种放纵、轻微反抗的姿态；她是一杆坚忍不拔的老扫帚，不喜欢废话。可她的血液流动开始变得缓慢，一切都慢了下来，一连几个星期她都有不好的预感。她在寻找天空中那个移动的光点，自从丈夫去世以来，这个光点已绕地球轨道运行了近六万次。她想再等一个月，等到女儿回来。可什么时候死亡就进入了待发状态？无论怎样，女儿回来又能改变什么呢？她在女儿回到地球的当天辞世了，她的四肢突然变得炽热，好像心脏在试图把血液驱赶到身体末端。让我歇歇吧，她在心里说道。她听到了一只蝉在鸣叫，这个季节从来没有听过蝉鸣。现在天气一直这么温暖，蝉不知道什么时候死去。他的声音听起来像是一只孤独而弥留了很长时间的公蝉。如果她也像那只蝉那样，潜伏地下十五载只为等待交配机会的话，也许她应该效仿这只蝉，弥留一段时间。可他现在的鸣叫不是为了交配，而是为了独处，为了不被打搅，只在黄昏静悄悄时才会发出这种呼唤。

时间在一天天过去。一天、两天、三天、四天。然后，女人的尸体被人从台阶上抬走，房子被彻底遗弃了。那个朦胧夜空中的看不见的光点，正是女人的女儿驻扎的地方，亚洲在向右滑动，四国和九州悄悄地转过去了，然后就是海洋，正是这个海洋在侵袭着木屋旁的海岸，在过去的十年里海水越来越靠近花园了，南瓜开始变软。接着亚洲的最后景象在西边消失了，消失在太空舱的尾部。除了浩渺的太平洋之外，什么都没有了，他们的轨道向东南方向延伸，穿越数千英里的茫茫大海。

在那片茫茫大海中，台风正在形成。过去的二十四小时里，台风一直在向西移动，现在已经过了马绍尔群岛，这些正在沉没的海岛看上去像柔弱的窗花格，被风暴打得七零八落。起初是高空浮云聚集在一起，后来，来自各个方向的云团变得越来越密集，颜色也变得一片乌黑；这不只是一个风暴，而是几个风暴的碰撞和叠加。现在已经很明显，云团聚集、翻滚，将至少形成一个四级台风。

机组成员被告知要尽可能多拍照片。他们照做了，把长镜头架在窗户玻璃旁边，不停地按动快门。目前，只能从右舷看到风暴的东侧旋臂。风暴被厚厚的乌云包裹着，在地平线上翻滚；他们可以看到在地球上无法看见的细节：云在逆时针滚动，像一支涌动、喧闹的游行队伍。阳光从云层的乳白色表层上反射回来，而地球如同得了白内障的眼球，发出了诡异的珍珠白光，它仿佛在用一种飘忽不定的眼神凝视着他们。

地球突然之间显得多么的紧张和警觉！他们一致认为，这不是那种袭击这个地区的常规台风。他们无法看到全部，但它比之前预测的更大，移动速度更快。他们把图像、纬度和经度都发送出去了。机组成员们就像是占卜师，他们能够看到未来、预知未来，但他们却无法改变或阻止它的发生。很快，他们将向东南方向下降，无论他们在瞭望地球的窗口上把脖子伸得多长，台风都将消失在他们的视线之外。他们的瞭望将结束，黑暗将迅速降临。

他们没有足够的力量——他们只有相机，以及观察台风的特权。他们焦急地看着台风愈发壮美。他们看到了台风的临近。

第四圈轨道，上升

今天清晨，在绕地球的第四圈轨道上可以观测到：撒哈拉上空的扬尘像一条百英里长的丝带向大海飘去。海面闪烁着朦胧的淡绿色光泽，陆地则笼罩在一片朦胧的橘色之中。这是沐浴在日光下的非洲，你几乎可以从空间站内部听到日光的声音。大加那利岛有着陡峭的辐射形峡谷，让这个岛屿看起来像一个匆促建造并堆积在陆地上的沙堡，当阿特拉斯山脉宣告沙漠的终结时，云朵的形状像一只鲨鱼，尾巴拍在西班牙南海岸上，鳍尖轻触南阿尔卑斯山，鼻子随时会潜入地中海。阿尔巴尼亚和黑山则被天鹅绒般柔软的山脉所覆盖。

肖恩经过窗口时想，黑山、塞尔维亚、匈牙利、罗马尼亚的边界到底在哪里？他试图弄清楚它们的具体位置，却总也记不住。如果你想，你的一生，你的整个轨道生活都可以陪兰德·麦克纳利[1]世界地图以及星图度过。你可以不做任何工作，放下手头一切事情，只为了观看地球。你可以完全了解地球，对哪怕一丁点儿的地盘和空间都了如指掌，但你永远无法了解星星。你可以了解地球，就像你了解一个人那样，就像一个男人刻意、执着地要了解他妻子那样，他有一种饥不择食的自私和迫切感。他迫切想要了解地球，了解它的每一寸土地。

在微重力环境下，他们的动脉正在变粗变硬，心肌正在变弱并开始萎缩。他们的心脏在看到太空的景象时因欣喜若狂而增大，时而又被折磨得萎缩变小。心脏细胞受到损耗后，因康复跟不上，他们娇嫩的心脏便开始变弱、变硬，而他们现在试图在培养皿里保存心脏细胞。

安东在俄罗斯实验室对罗曼说，培养皿里都是人。他们两个人都在用移液管移动着这些人（人体细胞）。这些粉－紫－红色的细胞曾经是从人类志愿

---

[1] 美国出版公司，主要出版地图。

者身上取下的皮肤，皮肤细胞被变成干细胞，干细胞变成心脏细胞。皮肤样本是从不同年龄、背景和种族的人身上取来的。安东对此感到很震惊，嘴上虽然没说什么，而他实验室的伙伴则对此毫无感觉，后者只是对这些细胞感到有一些漠然的敬畏，跟看待电线没什么两样。然而，安东看到细胞时，指尖真的会变暖，甚至过热。所有这些生命都被托付给他了，这令他感到局促不安。他想说：看啊，罗曼，这些奇迹多么荒唐啊。罗曼似乎对此一点儿也不感到困扰或谦卑，他甚至不愿意去想这个问题。他只是说：我不明白为什么培养皿里的颜色总是让我感到饥饿。令人尴尬的时刻就这样过去了。

他们在显微镜下观察这些细胞，拍摄图像，每五天更新一次培养基。细胞被放在三十七摄氏度、百分之五的二氧化碳浓度、理想的湿度和完全无菌的环境之中。补给船两周后返回地球时，他们会把它们准备好。他们必须承认，相较于自己的生命，这些细胞对人类来说更重要，他们自己的生命总的来说并不算什么。

在培养皿中发生在这些细胞身上的事情，很可能会发生在他们自己的细胞上，这是他们不得不承认的事实。

这个想法不怎么令人鼓舞，罗曼说。

或许吧，安东耸了耸肩回答道。罗曼耸了一下肩膀。这个耸肩的意思是，他们来到太空，并不是为了得到什么鼓舞。他们的目标要大得多，在一切方面都要取得进步，获得更多的知识，更多的谦卑。速度和静止。远离和靠近。更近点儿，更多点儿。他们发现：他们很渺小。不，他们什么都不是。他们在试管中培养着一堆只能在显微镜下看到的细胞，他们同时也认识到，此刻的生命依赖于他们自己微小跳动的心脏中的这些细胞。

在太空中度过六个月后，从技术上讲，他们比地球上的人少老了 0.007 秒。但在其他方面，他们可能会老五到十年，而这仅仅是他们目前的计算结果。他们知道，视力可能减弱，骨质可能疏松；即使进行大量的运动，肌肉还是会萎缩；血液会凝结，大脑会在周围的液体中位移；脊柱会变长，T 细胞复制能力会减弱；肾结石会形成。来到这里后，味觉弱了，食物味道变得寡淡。鼻窦痛苦不堪。本体感知也出故障了：除非亲眼看见，他们很难感知身体各个部位的位置。他们变成了形状不规则的液体容器：上半身的液体太多，下半身的液体不足。液体在眼球后面积聚，压迫视神经。睡眠也会出现障碍。肠道菌群会开始孕育新的细菌。他们的患癌风险会增加。

正如罗曼所说的,这些想法并不鼓舞人心。过了一会儿,安东问他是否对此感到担忧。

他答道,不,从不感到担忧。你呢?

就在他们的航天器下方,南太平洋穿梭而过,在伸手不见五指的黑夜之中,地球就像黑色深渊,完全看不到,只看到淡绿色光环般的大气层以及数不清的星星。一种骇人的孤独感油然而生,一切都如此近在咫尺,又如此无际无涯。

安东回答道,我也从来没担忧过。

观看地球时,他们时常会不由自主地收回已知知识。比如,他们会相信地球这颗行星处于一切的中心。地球看上去如此壮观、庄严、雍容,他们会情不自禁地相信上帝把地球放在了众星环绕的宇宙中心。这时,他们可能把(经过了从否定到发现再到被掩盖的曲折过程)这个被证实的事实抛到九霄云外,即地球不过是一枚远离中心的小颗粒。他们可能会想:一个无足轻重的物体怎么可能如此光彩夺目?一颗远离中心的卑微卫星不可能有如此美丽的景象,一块微不足道的小石头,怎么能产生真菌和人类心智这种复杂精巧的东西?

因此，他们偶尔会产生这样的念头：若能抛却日心说盛行的时代，回归地球被视为宇宙中心的那个神圣、宏大的时代，该是多么的惬意！在这个构想中，太阳、行星乃至整个宇宙都围绕着地球旋转。只有当他们的视野跨越了当前所在，触及更遥远的宇宙深处时，才会意识到地球的渺小与微不足道，从而真正理解它在浩瀚宇宙中的真实位置。它不再是那个被上帝置于宇宙旋转舞台中央、古老、强大且威严不动的地球；不，事实远非如此。地球之美，在于其能够产生回响，这种回响正是她美的一种体现形式，如同悠扬的铃声与歌声在空间中回荡，缠绵不绝。它既非宇宙的边缘，也非绝对的中心；既非万物精华的凝聚，亦非空洞无物的存在，它的丰富与独特超乎想象。尽管主要由岩石构成，但从我们的视角望去，它是一束耀眼的光芒，一片广袤的天地，一个灵活机敏的星球。她以三种不同的方式舞动：绕地轴自转，在地轴上轻微摇摆，以及围绕太阳公转。这个星球已从宇宙的中心舞台退至边缘：它环绕太阳运行，除了月球之外，再无其他天体环绕其侧。这颗星球是我们人类的庇护所，尽管我们制造的望远镜日益精密，镜片尺寸不断增大，但它们却揭示了一个令人惊讶的事实：人类正变得愈发渺小。这一现象让我们瞠目结舌：随着时间的推移，我们意识到不仅自己位于宇宙的广阔边缘，而且整个宇宙本身就是由无数个边缘交织而成，没有绝对的中心，只有无垠的、令人眩晕的物质旋转着，遍布期间。或许，我们对自身的认知过程，就是一场对外部世界不断演变的深刻理解之旅，也是科学探索工具持续挑战人类自我认知的历程。在这段旅程中，我们的自我观念或许会被不断冲击，直至那个曾经坚韧的自我变得千疮百孔，如同四面透风的残垣断壁。

他们在近地轨道的中间区域环绕飞行，视野受限，就像只能从半截桅杆上眺望远方。他们心中涌出这样的思绪：或许，成为一个人本身就是一项艰巨的任务，这可能就是问题的根源。从曾经以为地球是宇宙的中心，到如今认识到它不过是浩瀚宇宙中一颗普通大小、普通质量的行星，在平凡无奇的太阳系中围绕着一个同样普通的恒星旋转；而太阳也只是银河系中无数星辰中的一颗，整个银河系最终都面临着爆炸或崩溃的命运——这样的认知转变，对他们来说，尤为艰难。

或许人类文明的发展轨迹就如同人的一生——从孩童时期那种自以为是的"小皇帝"心态，逐渐成长为意识到自身只是芸芸众生的普通一员。在这个过程中，我们发现自己其实并不特别，但这份领悟却让我们在纯真的喜悦中感到释然——因为既然我们不再独一无二，那么我们或许也不再那么孤独了。设想宇宙中存在无数与我们相似的恒星系，以及无数的行星，那么在这些浩瀚星辰中，至少会有一颗行星上孕育着生命。这种外星生命的存在，成为对我们渺小地位的一种温柔慰藉。因此，在孤独、好奇与希望的交织中，人类不得不将目光投向浩瀚的宇宙。有的人梦想在火星上找到生命的痕迹，而另一些人则派遣探测器前往更遥远的深空，探索外星生命的奥秘。然而，火星展现给我们的却是一片冰冻的沙漠，布满了裂缝与陨石坑，生命迹象遥不可及。于是，人们的希望转向了太阳系周边的类太阳系，或是邻近的其他星系，甚至是更加遥远的宇宙深处。

怀揣着激动人心的憧憬，我们向星际深处发射了旅行者探测器。这两个承载着地球图像与歌曲的太空舱，正静静地等待着，或许在几千年、几十万年，甚至数百万年、数十亿年后，被外星智慧生命所发现——也可能永远无人知晓。与此同时，我们开启了对外太空信号的监听之旅。广阔无垠的宇宙间，我们捕捉着无线电波的每一个细微波动，却至今未获回音。数十年的不懈搜寻，依旧是一片寂静。书籍、电影等媒介中，我们满怀希望或惊恐地描绘着与外星文明相遇的种种场景，但现实是，外星生命尚未与我们取得联系，我们不禁怀疑这样的联系是否永远不会到来，甚至开始质疑它们的存在。如果宇宙间真的不存在其他智慧生命，那我们为何还要执着等待？或许，此刻的人类正经历着一段充满破坏、自我伤害与迷茫的"青春期"，因为我们并非自愿来到这个世界，也未曾主动争取守护地球的权利，更未料到会如此孤独地存在于浩瀚宇宙之中。这一切，似乎都显得那么不公平。

或许有一天，当我们凝视镜中的自己，那个平凡无奇的直立行走者，会心生一丝满足。我们会深吸一口气，坦然说道：是的，我们是孤独的，但这就是我们的现状。那一天可能并不遥远。也许，事物的本质就蕴含着不确定性，生存恰如站在针尖上摇晃。我们从生活的点滴中逐渐认识到自己的渺小，逐渐去中心化，当我们开始深刻认识自我，并接受自己在宇宙中的微不足道，这一惊人的自我觉醒犹如一泓清泉，平息了我们内心的纷扰与波澜，为心灵带来了难能可贵的和平。

在孤独的深渊中，我们除了凝视镜中那个自己，还能做点儿什么呢？我们在审视自己时，总会发生无休止的自我迷恋，被迷人的事物分心，爱上自己，痛恨自己，将自己戏剧化、神话化，甚至对自己顶礼膜拜。除此之外，我们内心还有什么渴求？我们渴求通过技术、知识和智慧的超越来满足自己似乎永远无法满足的成就感；我们仰望星空（尽管至今仍未收到任何回应），梦想着建造宇宙飞船，无数次环绕我们孤独的星球，踏足孤寂的月球；在失重的迷茫与永恒的敬畏中，我们在思考着这些问题。我们再次将目光投向地球——她就是黑暗中的一盏明灯——我们通过带静电噪声的无线电波，向宇宙中这个唯一存在生命的星球发出呼唤：你好！Konnichiwa、Ciao、Zdraste、Bonjour,[1] 你好！能听见吗？

在离他们轨道数千英里之遥的地球的另一端，位于卡纳维拉尔角附近的一间海滩小屋中，有四张床铺，就在前一天，另一组宇航员刚从这里离开。昨天这个时间，佛罗里达州正值凌晨五点，两位女士和两位男士正沉浸在闹钟唤醒前最后一个小时的梦乡里，他们胃里还残留着前一晚烧烤的美味。他们睡得很沉，安眠药让他们度过了一个无梦、宁静的夜晚。他们的呼吸平稳，安静得仿佛失去了知觉：没

---

[1] 分别为日语、意大利语、俄语和法语的"你好"。

有流口水，没有鼾声，没有身体的抽动，也没有丝毫惊醒的迹象。

月光逐渐淡去，安眠药的效力悄然减退，四名宇航员——两男两女缓缓睁开了双眼。他们的思绪开始活跃：今天的任务是什么？我身在何方？我将面临何种挑战？这份对未知的憧憬，在梦乡中暂得安宁，此刻却如潮水般涌回心头。月亮，月亮！——他们在心中默念，那遥不可及的月球！天哪，我们将踏上登月之旅！宇航装备与火箭已整装待发，这一刻，他们的命运即将翻开崭新篇章。然而，就在昨日此时，他们还沉浸在梦乡之中，被隔离在充满温馨气息的海滩小屋内，空气中弥漫着香肠、烤排骨和玉米的香气。那顿告别晚餐异常美味，他们的心情短暂地获得了安宁。可是好景不长，月光不请自来，悄悄溜进了屋内。窗外，那轮明月孤悬于天空，非常小，非常遥远，它投下清冷的光芒，不经意间熄灭了他们对美食的热情。汉堡吃了一半，排骨几乎未动，零酒精啤酒无人问津。他们在最后一刻扛不住了，双腿软绵绵的，跟果冻似的。于是，他们服下了安眠药，虔诚祷告后，早早睡下了。

五十余载春秋，人类的脚步未曾踏进月球幽暗的背面，让人不禁遐想，它是否因期盼人类的造访，而始终将皎洁的一面朝向地球？同样，广袤宇宙中的万千个月亮、行星、整个太阳系乃至银河系，是否都渴望被探索，被了解？明天黄昏之后，历经不到三日的星际穿梭，这些探险者将重返布满尘埃的月球表面，他们是那些执意在无风的世界里让国旗飘扬的勇士，是身着厚重宇航服的"棉花糖人"，是在浩瀚苍穹中翱翔的先驱。当他们再次降临，他们或许会发现，那曾经挺立的旗杆已悄然倒下，星条旗在岁月的侵蚀下显得斑驳陆离。毕竟，五十年的光阴足以让一切遗落之物在无人之境悄然改变面目。而此刻，四位宇航员正酣睡在小小的太空舱内，他们知道，第二天睁开眼时，一个新的时代将开启。

这个崭新的时代已悄然拉开了序幕，它已经降临。就在昨天清晨，宇航员们醒来享用早餐，随后开始了他们精心筹备的日程。随后，清洁人员以一种例行公事的方式，撤换了床单，洗净了餐具，还清理掉前一晚烧烤留下的残羹剩饭。时至下午五点，火箭轰鸣升空。昨晚他们环绕地球飞行了两圈，现在继续向更远的轨道进发。如今，他们的发射燃料已耗尽，助推器也已脱落，接下来，他们将沿着一条长达二十五万英里的既定轨道前行，每一步的航行距离都精准地以数字形式呈现。沿着这条轨道，他们将于明晚抵达月球。

昨晚,太空站内的六名宇航员翻找出了聚会所需的装饰物,吹起了五彩斑斓的气球,并挂上了庆祝生日的彩带。他们利用银色食品袋中的有限资源,精心准备了一场特别的庆祝会,包括他们能找到的最喜爱的甜品——巧克力布丁、桃子馅饼,还有包装精美的奶油蛋糕。罗曼特别挂出了他儿子送给他的小毛毡月亮,这是他从地球带到太空的珍贵物品之一。此刻,他们百感交集:兴奋与焦虑交织,羡慕与自豪并存,但最终,自豪感将成为他们心中最强烈的情感。随后,他们按照惯例,早早地就寝了,因为无论是否有登月活动,太空中的每一个清晨都会如约而至,毫无例外。

昨晚,他们内心经历了情感的起伏,但这种情感波动并未公开表露,而是各自默默承受。每个人都深刻感受到自己的渺小与平凡,仿佛被无形的力量束缚在地球轨道上,日复一日地重复着同样的轨迹,从未脱离过。昨晚,他们竟在这种看似单调的环绕中,发现了一种谦逊而动人的美,那是一种忠诚与坚守的力量,如同婚姻中的一夫一妻制,充满了相互关注与服从,甚至带有一丝崇拜之情。尽管临睡前,他们不约而同地望向窗外,仿佛能瞥见那些正向着月球进发的宇航员身影，心中满是对未知旅程的憧憬与不安。但真正侵入他们梦境的，并非那遥远而神秘的月球，而是飞船外那片浩瀚无垠的太空荒野，一个他们曾亲身踏足、留下足迹的地方。还有那颗在夜空中熠熠生辉的蓝色星球，它如此耀眼，如此令人向往，他们的心无时无刻不在牵挂着。

―○―

令人恼火的事情

追尾的车辆

疲倦的孩子

想要跑步

填料结块的枕头

在太空中仓促小便

卡住的拉链

在那低语的人

肯尼迪家族

千惠把她的清单夹在睡眠区的储物袋里，那里珍藏着她的纪念品和少数几件个人物品：一支小巧的护手霜，用来缓解她因劳作而干燥疼痛的双手；一张她母亲年轻时在家附近海滩上拍的黑白照片，画面温馨而怀旧；还有一本她叔叔最近通过宇航员包裹寄给她的日本山水诗集，尽管忙碌的生活让她无暇细品。于是，她索性撕下诗集后面的空白页，匆匆在上面列出了这两份清单。

令人安心的事情

下面的地球

有结实把手的杯子

树木

宽阔的楼梯

家庭编织品

内尔的歌声

强壮的膝盖

南瓜

一周前，彼得罗与内尔在太空漫步时，成功地在空间站底部安装了一台光谱仪，专门用于测量地球辐射。这台精密仪器在飞船的轨道上，像是一位不知疲倦的观测者，以痴迷的姿态扫描着地球，覆盖从南至北、跨越各大洲的广阔区域,七十公里范围内的每一寸土地都不放过。它细心地观察、收集并校准着来自地球的光线,为科学研究提供宝贵的数据。

彼得罗曾执行过多项任务,包括太空行走,并在太空生活的四百多天里完成了数千次实验。他对待所有任务都保持着一种冷静而超然的态度:无论是做实验,安装设备,还是收集、传输数据并随后传递出去,他都显得游刃有余。作为宇航员,他其实更像是信息的传递者——选择你,正是因为你的高效与利落,这不禁让人思考,未来某一天,机器是否真能完全取代人类的工作。他们偶尔会冒出这样的念头:机器人不需要水分、食物,没有排泄和睡眠的需求;它们没有恼人的脑脊液、月经、性欲、味蕾。你无须为它们发射火箭运送水果,也不必费心补充维生素、抗氧化剂,或是安眠药和止痛药。更不必为它们设计复杂的马桶系统(使用前还得先经过特殊训练)。而且,因为它们没有尿液,也不需饮水,所以你无须建造尿液回收成饮用水的装置。机器人一无所求,也从不提问,它们只是默默地执行着指令。

然而,如果人类的太空探索没有观众的喝彩、没有引起世人的欢愉或惊叹,那么我们为何还要将人类送入浩瀚的太空？多年来，宇航员们经历了在游泳池、洞穴、潜艇和模拟器中的严苛训练，每一个细微的瑕疵或弱点都被无情地暴露、测试，直至被淘汰，最终只留下那些身心近乎完美的精英。这样的要求，对某些人来说是难以企及的高峰，但对另一些人，比如彼得罗，却是水到渠成。他仿佛就是为太空而生，自小就展现出超乎常人的心理平衡能力，拥有令人羡慕的冷静头脑和松弛神经。他不像大多数蹒跚学步的孩子那样易怒，也不似青春期少年那般叛逆。他好奇心旺盛，智商超群，专注、乐观且务实；在意识到自己将成为宇航员之前，他早已具备了宇航员的所有特质。他是机器人吗？不，他绝不是机器人，他拥有机器人无法比拟的灵魂与梦想。

在他的胸膛深处，跳动着一颗活跃的心，它时而倾斜，时而摇曳。他学会了如何让心跳保持一种缓慢而稳定的韵律，以此抵御内心的恐惧、惊慌与冲动，遏制住思乡之情的泛滥，也克制住放纵的冲动。他不断提醒自己：安静，稳住；再安静，再稳住。就像体内有一个无形的节拍器，引导着他的每一次呼吸，使他保持镇定。然而，这颗心也有其自主的时刻，它倾斜、它摇摆，因为它承载着个人的需求、理想、欲望与喜好。宇航员的心，绝非机械般冷漠，离开地球大气层后它开始向外弥散——当重力消失，不再受向内的压力时，心的反作用力开始将其往外推，仿佛它意识到自己是一个生物器官，一个活着、有知觉的生物，不仅见证，而且热爱其见证的一切事物。

因此，彼得罗的思绪飘向了安装在太空舱外的那台光谱仪，它肩负重任，每日监测着地球的变化，以窥探地球是否在悄然变暗。自从与内尔合力安装好光谱仪以来，每天清晨醒来，这台光谱仪便成了他心中的牵挂。它的镜头对准三个方向：地球、太阳与月亮。它测量从地球表面和云层反射过来的光线，试图解开一个谜团：到底是空气中的污染物微粒将太阳的光芒部分反射回太空，导致地球表面逐渐暗淡？还是因为冰盖融化及云层变薄，使更多太阳光被地球吸收，造成地球表面正在变亮？如果两者同时发生，又会产生什么效果呢？这个复杂的能量交换系统决定了地表温度。

他在思索后一种情况，即地球吸收了更多的光线，而反射回太空的光线则相应减少。站在这样的视角俯瞰，一个辐射减弱的星球会是怎样一番景象呢？在这样一天的观察中，他从视频里目睹了云层的变幻，以及晨光中蔚蓝海洋的广阔光景，这一切如同从黑暗深渊中缓缓升起的全息画卷，绚烂夺目，让人不禁遐想，若失去这份美丽，心中将做何感想？望向右舷，地中海在阳光下闪耀着柔和的镍色光泽，多洛米蒂山脉与阿尔卑斯山脉层层叠叠，宛如大地的褶皱，黑色的无雪峰顶与靛蓝的山谷交相辉映，橄榄绿的平原与蜿蜒的河流交织成一幅无边的画卷。还有那他魂牵梦萦的祖国南方，整个夏天，干旱的土地未曾迎来一滴甘霖。若你知晓观察的角度，你甚至能隐约辨认出维苏威火山的轮廓。已经是十月初了，他得知那里依旧滴雨未降。即便如此，地球仿佛拥有自我照亮的力量，她的光芒似乎源自其核心，由内而外散发出来，他连忙用相机定格下这些令人心醉神迷的地球美景。

东欧迅速掠过眼帘，随后我们穿越俄罗斯，途经蒙古，最终抵达中国。整个过程在二十分钟内完成。他静静地等待着台风到来，深知它正潜伏于地球的下一个转角，隐匿于那圈耀眼蓝光的背后。他计划从台风的正上方对其进行全方位地观测。地球每天都在为他带来惊喜，亲眼看到了那艘来自蓝色星球的飞船悠然划过天际，那份奇妙与喜悦简直难以言表！或许在浩瀚宇宙中，再难觅得第二个如此独特且值得观测的对象——谁知道呢？而观测它的，不仅仅是他的双眼或是其他机组成员的凝视，还有光谱仪的镜头、空间站上各类先进的地球观测成像器，以及在高低轨道上嗡嗡作响、数量庞大的数千颗卫星。它们共同编织着一张信息网，数十亿无线电波不间断地发送与接收着来自地球的信息。

此时此刻，他就站在这里，没有哪怕一丁点儿的机器人的影子。他手中紧握相机，以 20/20 的完美视力[1]，满怀激情地捕捉着地球的独特之美，内心激荡不已，仿佛整颗心都为之跃动，沉醉在这份震撼之中。每当他按下快门，记录下地球的壮丽，他都能感受到自己的心脏在胸腔内怦怦跳动。

1　按照欧洲视力标准，20/20 表示标准视力，意味着在 20 英尺（约 6 米）的距离上，能够清晰地看到视力表上的标准字母。

第四圈轨道,下降

一

　　他们的双手正忙碌于密封的实验箱内,时而组装,时而拆解加固单元,或是在老鼠饲养模块中装填能自动释放食物的袋子。双脚则被固定在工作站的拴绳上,而螺丝刀、扳手、剪刀和铅笔等工具则在他们的头部和肩膀旁边飘浮。突然,一只镊子不慎脱落,缓缓飘向那具有微弱吸力的通风口,那里是所有遗落之物的最终归宿。

　　他们在下降时掠过上海,这座城市在白天只展现出一片看不见人,但色彩斑斓的海岸线,静谧地躺在陆地的边缘上。这已是他们清醒状态下第四次绕地球轨道飞行。尽管飞行方向向东,但受地球自转的影响,每次掠过这片土地,他们都仿佛是在向西缓缓飘移。于是,他们如同被自然之力牵引的台风,在缓缓地向内陆移动,离开浩瀚的太平洋,向马来西亚和菲律宾方向靠近。而他们身后的台风,则在紧追不舍。

他们暂停了手头的工作,纷纷拿起相机。快门声咔嚓作响,此起彼伏,变焦镜头则发出轻微的吱吱声,调整着焦距。几个人围聚在观测窗前,穿着白色袜子的双脚翘在空中,几个脑袋紧挨着,透过防弹玻璃窗凝视着那惊人的景象:在一大片连绵不绝的台风云的中心,出现了一个巨大的旋涡,仿佛拥有无穷无尽的吸力,整个地球此刻似乎都被这股旋转的云层所覆盖,景象之惨烈,令人震撼不已。

地面上,居民们接到了紧急撤离的通知。从太空传回的图像证实,空中盘旋的鸟儿和狂奔的山羊已经预感到即将来临的灾难:台风蓄势待发,以惊人的速度迅速席卷三百英里范围内区域。紧急通告传遍菲律宾:所有人必须立即撤离,或到安全的地方躲避。尤其是居住在东部小岛上的居民,撤离是唯一的选择。彼得罗心中暗自思量,对于那位特别的渔夫及其家人而言,此刻必须立即行动,甚至昨日就该开始撤离。但问题是,他们能去哪里?如何安全撤离？对于渔夫而言，保护那些历经数次台风洗礼后仅存的家当，成了他难以割舍的冲动，因为那些是他与风暴抗争的见证。或许仅过十二小时，台风就要登陆。你身处孤岛之上，四周是茫茫大海，岛屿间虽近在咫尺，却同处于致命的低洼地带。在这样的绝境中，除了绝望地趴下之外，似乎别无他法。你曾幸运地逃过一劫，目睹了周遭生命的消逝。你的家，由锡皮、硬纸板、木板和木梁拼凑而成，面对愈发频繁且猛烈的台风，重建更加坚固的住所似乎也失去了意义。或许，比起不断失去，心中那份"已无太多可失"的无奈，反倒成了一种微妙的慰藉。

所以你选择留下来。你仰望那片动荡不安的夜空，上面有你那位萍水相逢的宇航员朋友。他给你发来邮件，发来你居住的萨马尔岛的照片，每一张都是海岛被蓝绿色海洋疯狂包围的照片。他急切地告诫你马上撤离，你知道的，你一看手机就会发现他发来的迅速离开的信息。不管什么时候，只要你看一眼手机，就能见到他发来的"速速离开"的紧急信息。他向你承诺，若需要，他可以找人安排飞机，帮助你安全离开。

你的妻子轻声细语地说，他是个善良的人。这话千真万确，他确实是那种最纯粹的好人。他每个月都会默默地为你的孩子寄来学费，尽管你们仅有一面之缘——那时他在潜水(恰好是他的蜜月之旅)，而你正在渔船上忙碌。你的割线刀不慎滑落海中，瞬间消失无踪，那可是你花了十美元买来的、锋利无比的宝贝。就在这时，仿佛是命运的安排，宇航员和他的妻子从水中浮出，他们刚刚在一群欢快跳跃的海豚旁潜水，距离你的渔船不过几米之遥。他们注意到你的失落与焦急，尽管你多次挥手示意不必费心，他们却不辞辛劳，毫不犹豫地为你一次次潜入水里。经过了漫长的十五分钟，他们终于在二十五米深的海底岩石缝隙里，奇迹般地找到了那把刀。

一个宇航员和一个渔夫，两个不同世界的碰撞。他携妻过来吃晚饭，你的孩子被他俩迷住了。就在那天下午，他们仿佛施了魔法，把你家的硬纸板房子点铁成金，变成一个从天而降的奇迹。你妻子起初还心存疑虑，可最终她也被打动了。他为你们拍的全家福非常神奇：你妻子的脸瘦削、忧郁，你的脸稍有紧迫感，犹如一头狮子。四个孩子有坐着的，有站着的，有露出惊讶表情的，有疑惑不解的，有安之若素的，有咧着嘴笑的。他们全拥簇在一起，这是一个浑然一体的幸福家庭，就是这张照片让你第一次注意到：你的孩子是那样的天真美丽！

你现在手里正拿着那张照片。假如你们要逃离，宇航员拍的这张照片便是你要随身带走的。可你并不打算逃走，你无处可逃。也不一定要逃，你有你的生活，无法从这里挪开。

前方即是明暗界线，地球的日夜分界线轮廓清晰，它将巴布亚新几内亚一分为二：这半边是白天，那半边是黑夜。

白天的这一半郁郁葱葱，像一条龙，山脉在落日余晖中披上了神话般的色彩，荧光生物聚集的海水勾勒出了海岸线。黑夜的那一半像宝蓝色海面上的一个投影，海滨上仅有一两盏灯。空间站向东南方向滑入一片漆黑，这里是所罗门群岛、瓦努阿图、斐济，它们犹如散落海面的数处淡金色斑点。看向右舷，能看到堪培拉、悉尼和布里斯班，它们宛若一块精美的锦缎，新西兰则在这片华丽锦缎的末端，为这片南部海域画上了一个句号，再往后即是漆黑一片，什么都瞧不见了。

一年中的这个时节，南极的北部地区的一天中，纯粹的黑夜少于六小时，其余的都由白昼、黄昏及拂晓占领。现在，那里正处于短暂的黑夜。在南极的一个科考基地，一些迁徙生物学家刚刚为北极燕鸥一年一度的到来修建了栖息地。这些稀少的小鸟将从北极飞到南极。作为长距离飞行运动员，它们将飞行两万多英里，甚至吸收身体的部分内脏。现在是十月初，南极正从漫长的黄昏中解脱出来，磷虾在冰下迅速繁殖。那些生物学家在等待着白色鸟群的到来，它们将伴随着各种尖锐的鸟鸣声布满整个天空。但现在，在短暂黑夜间隔中，生物学家走出来是想看别的东西，他们不用抬头就知道它在那里：一道绿色的光环绕着他们的基地。他们说：火星人来了。他们在月壤般的雪地上跺脚欢呼，而空中的一道红光，则把天上的银河撕裂出一道长长的口子。

太空中，罗曼在经过观察窗圆顶时偶然看到了，视野起初是模糊的，需要一点儿时间将视线定位。一大片严冬荒野、珍珠云层，还有南极圈边缘，向海面倾斜的冰层正反着光。右舷有七姐妹星团[1]炫目的亮光。他们有时会产生观看某物的冲动——金字塔、新西兰山峦，或那些亮橙色、完全抽象及无法目测的沙漠沙丘——这个画面与他们在培养皿中看到的心脏细胞放大特写无异。有时他们想看到戏剧表演、

1　即金牛座。

歌剧、地球大气层、气辉，有时他们想看到微小的东西：马来西亚沿岸的渔火，它们像星星一样点缀着黑茫茫的海洋。但现在，罗曼开始看到他怀疑出现，而且他们所有人凭第六感都知道已经出现的极光。绿色和红色的辉光在大气中蔓延开来，像困兽一样焦躁、凄美。

他说道，内尔，快过来。正经过模块的内尔向上飘到圆顶，他们俩一起悬浮在观察窗旁。

气辉的颜色是一种糅合了灰绿的黄，在它下面，在大气和地球之间的缝隙里夹着一层朦胧的霓虹色，它在波动中泛起涟漪，如同烟雾般在地球表面蔓延；冰是绿色的，空间站的底部变得像外星帷幕。这团光渐渐变得边界清晰，并开始行走，它在折叠着、打开着，在大气层内扭动、弯曲，向上喷出缕缕荧光，变得越来越亮，引爆了座座光塔，高达两百英里。塔顶上是让星星隐身的洋红色，而横跨整个星球的璀璨光辉都在闪烁、奔腾、流淌，空间的深度也被光衬托出来了。这里有流光溢彩的绿色光幕，那里有蛇形舞动的霓虹光带；这里有成排的红色光柱，那里有飞驰而过的彗星；这里有旋转中的近星，那边有恒定不动的远星；除此之外，再无其他可见光斑。

这时，肖恩和千惠也来了，安东在俄罗斯模块的窗户旁,彼得罗在实验室里,他们六个都像飞蛾一样被这光亮吸引过来。空间站的这一圈轨道在南极上空完成了,并开始向北升起,尾部留下了一串极光波纹。光塔貌似耗尽了能量,倒塌了,磁场上的绿色光环也在抽搐,奄奄一息。南极逐渐远去了。

  罗曼的脸就像个孩子。他低声说,Ofiget[1],从喉咙深处发出了"哇塞"的惊叹。千惠则回以 Sugoii[2]。内尔也回应了。要记住这个景象,他们每个人都这么想。记住这绚丽多姿的辉光。

---

1 俄语,意为"非常震惊"。
2 日语,意为"厉害"。

第五圈轨道，上升

一

大约两周前，安东梦见了即将发生的月球着陆。实际上，他连续两个晚上做了类似的梦（这是他的典型思维特征，即重复同一个梦，就像在测试梦的效率）。他常梦见月亮或太空，并非因为他是宇航员；相反，作为宇航员，他做的梦通常非常实际，如怎么从着火的房间用扳手打开窗户逃生，还有关于训练的梦。但最近，他在夜梦里看到很多怪异、不真实的情景，好像这些梦不是他的，而是别人的。现在这个重复的梦，毫无疑问与昨天离开卡纳维拉尔角的宇航员相关。世界无奇不有，可就在所有涉及美国的糟糕事件中，他竟然梦到了迈克尔·柯林斯1969年拍摄的那幅不甚光彩的图片,即美国第一次成功登月时拍到的照片:登月舱正在离开月球表面,远处的地球在背景中赫然可见。

俄罗斯人不该深陷于这种思绪之中,他们在缄默的时候绝不会提起这事儿,这种缄默完全出于嫉妒:第十三、十四、十五和十六位美国人即将登上神圣的月球,可俄罗斯人连个影子都没有,没有俄罗斯人,没有俄罗斯国旗。没有任何俄罗斯人应该梦到这个场景,他们不该梦到这次登月,或第一次、第二次、第三次、第四次、第五次或第六次的登月之旅。可是,你又怎么能阻止自己做这种梦呢?

柯林斯拍摄的照片中,出现了阿姆斯特朗和奥尔德林乘坐的登月舱及月球,背景上那颗承载着全人类的蓝色半球悬挂在漆黑的太空之中,距月球达二十五万英里之遥。据说,迈克尔·柯林斯是唯一不在照片中的人类,这张图片产生了巨大的反响:就人类而言,每一个人都在那个图像中,只有一个人不在,那就是拍摄这个图片的人。

对于这个说法,安东从来就没当真,尤其是关于照片的反响。照片里看不到地球的背面,那些人在哪儿呢?被黑暗太空吞噬掉的南半球的人在哪儿呢?他们都在照片上吗?真相是:照片上没有人,没有可以看得见的人。看不到任何人——阿姆斯特朗和奥尔德林藏在登月舱内部，从这个视角看，地球看起来就像一颗无人居住的星球，住在那里的人类全都无法看到。但从照片上可以推断出生命存在的唯一证据，就是摄影师本人——他的眼睛在取景器后，他带着体温的手指按在快门上。从这个意义上说，关于柯林斯的图像更吸引人的地方是：在拍摄照片的那一刻，他实际上是照片里唯一存在的人类。

他可以想象出他父亲对此有多么的沮丧——那张照片中唯一的人类存在，宇宙中唯一的生命，是一个美国人。然后他记得父亲曾给他讲俄罗斯的登月事迹，一种循环、详细、奢华的故事，他那时觉得这故事是真的，因为是父亲讲的，但事实上这当然只是传说而已。那些传说故事强烈地影响了他。他问父亲，自己长大后能否成为下一个登月的俄罗斯人？他父亲回答道：是的，你会的，你会的。这个预言在星星上写着呢。月球表面插着俄罗斯国旗，在国旗旁边有一小盒你喜欢的小牛牌奶糖，这是上次登月宇航员留下的，盒子上写着你的名字，这些小牛牌奶糖是专门为你登月准备的。

他记不清他是什么时候才认识到这不是真的。俄罗斯人从未踏足月球，那里既没有飘扬的俄罗斯国旗，也没有小牛牌奶糖。然而，这份认知并未削弱他的决心，确切地说，他早已暗自立下誓言，要让父亲口中的故事成为现实，只是他做出这个决定的时间已埋在记忆深处。他向妻子郑重宣告，自己会亲自踏上月球，语气中充满了不容置疑的坚定、超前的自豪，以及作为国家、个人、丈夫和父亲的深切责任感。他说，他将作为首位俄罗斯人登月，但绝非最后一人。这番话虽已时隔多年，却依然在他心中回响，激励着他不懈前行。

在两周前的第一个梦里，他仅仅凝视着那张照片，照片中的景象恍若他的现实倒影：他化身为柯林斯，孤零零地飘浮于浩瀚宇宙之中，成了宇宙间唯一存在的生灵。在第二个梦境里，这种飘浮、静谧和孤独感觉再次出现。不同的是，他随后捕捉到了一缕微弱的呓语，万千种声音交织成一片低语，当他侧耳细听，地球竟缓缓向他靠近，那些嘈杂的声音逐渐汇聚成他自己的声音。他仿佛目睹了自己的存在，或更准确地说——他看见了自己的声音，仿佛那声音就是他本人。在那梦境中，他站在地球上，渺小如一粒沙砾，遥望着广袤无垠的太空与遥远的月球。他对着妻子大声呼喊，而她正位于相机镜头的前方，身处月球之上或其附近某处。当然，她无法听见他的呼唤,但他深知,通过那相机镜头,她能看见他。她也在呼喊,做着手势,似乎是在求救,又似是在准备实施救援;他无法确定她手势的确切含义。

内尔有时想向肖恩讨教:他是怎么做到既当宇航员,又信仰那位创造万物的上帝?但她知道他可能会反过来问她,你又是怎么做到既是宇航员又不相信上帝的?这样的对话往往因双方各执一词而陷入僵局。她会指向飞船两侧舷窗外那片浩瀚而险恶的黑暗,那里,太阳系及遥远的星系仿佛受到一种无形力量的驱散;在那里,视野如此深邃,如此多维,你几近能看到时空的弯曲。她会说:看,除了不经意展现的纯美力量,还有什么能够孕育这一切?

而肖恩,也会指向飞船两侧舷窗外那片浩瀚而险恶的黑暗,指向完全相同的、被暴力驱散的太阳系和其他星系,指向同样深远和多维的视野、弯曲的时空。他会说:那同样被力量塑造的太阳系与星系,以及那同样深邃、多维、时空弯曲的景象。他会回应道:除了经意展现的纯美力量,还有什么能创造出这一切?

如此看来,他们之间的分歧,仅仅在于是否"经意"的力量吗?难道肖恩眼中的宇宙,与内尔的宇宙本质上并无二致，只不过他认为这宇宙是精心策划的艺术品，而内尔则认为它是自然的杰作？这差异，既微妙得难以察觉，又深邃得仿佛不可逾越。她记得大概十岁时的一个冬天，她和父亲在树林旁边散步，经过了一棵大树，他们走过去之后才意识到它是人造的，是一座雕塑，由成千上万根树枝粘在一起，编织成树结、树皮、树洞和树干的样子。你无法从其他光秃秃的冬天树木中把它区分出来，一旦你知道它是艺术品，便能感到它身上蕴藏着不同的能量和氛围。对她而言，这就是她的宇宙和肖恩的宇宙之间的区别——一棵自然之手创造的树和一棵艺术家之手创造的树。它们几乎没有什么区别，但同时也存在世上最高深的区别。

但她并没有向他请教这些问题。吃午饭时只有他们俩，肖恩突然说：某个星期天的下午，我和父亲、叔叔一起观看了人类首次登月的录像，我父亲那里有录像。你知道发生了什么吗？

他停留在厨房的桌子旁，他的叉子朝一包牛腩肉伸过去，但在中途停住了，被他的思绪打断。

他感慨道：那对我来说意义非凡，是我成长的里程碑。那时我大概十岁或十一岁，那是我首次与父亲和叔叔共同完成的第一件事,他们显然已将我视为他们中的一员。但说实话,我并不喜欢那次活动,真的,我对此并无好感。

内尔的脸上露出惊愕表情,她的短发也竖了起来,仿佛遭遇了电击,脸颊在失重的环境下显得臃肿。她撕开一袋只热了一半的烩饭,直接吃了起来,显然饥饿难耐。用餐时,她就像一只海马般悬挂在桌旁,身体难以保持静止,而肖恩则在对面同样处于这种悬浮状态,两人的衣物在身边轻轻飘动。

他说道:在那之前,我和其他孩子一样,读了所有关于太空及航天飞机的书籍。我的墙上贴着阿波罗号、发现号和亚特兰蒂斯号的图片,那是我的航天梦。但观看人类首次登月视频的那天,父亲的脸,他和我叔叔都很失落,好像视频让他们感到生活既充实,又空虚。我不喜欢这种表情,每当我想到爸爸脸上那种缺失感,我都非常沮丧。

内尔觉得自己非常熟悉那种表情,那是男人们在观看球赛时特有的神情——比如当他们全身心支持着足球场上的某支队伍时。每当球队获胜,他们会由衷地赞赏球员们的表现,但随后,那份激情似乎又迅速消散,因为荣耀终究属于球场上的英雄,而非那些坐在沙发上助威呐喊的球迷。球迷们永远只能作为旁观者，无法真正融入那支他们深爱的球队之中。

肖恩停下手中叉子，让它在空中飘浮，随后又一把将它抓住，随即再次松开，如此反复。

他缓缓说道：我记得那天我曾有过这样的念头——谁想要成为宇航员啦？那一刻，我突然觉得成为宇航员的想法显得有些粗俗，仿佛它是那些失意、伤心的美国男人的内心投射，带着一种自我安慰的意味。

内尔说，是幻想。

是幻想，肖恩说。

内尔点了点头。肖恩笑了，好像在说，现在看我们的了。

内尔回忆道：小时候观看挑战者号发射时，我觉得那仿佛是为我量身定制的壮举。吸引我的不是登月，而是挑战者号。那一刻，我深刻意识到太空是真实存在的，太空飞行也是真实发生的，是活生生的人在执行这项任务，甚至有人为此献出了生命。他们和我一样，都是普通人，这让我相信，这一切都是可行的。如果我在追求这一梦想的过程中牺牲，那也是值得的，我愿意以这样的方式结束我的生命。这不仅仅是一个梦想，它成了我的目标，我的追求。

我对那些逝去的宇航员充满了深深的敬仰，我想，那就是我梦想的起点，我的启蒙。

肖恩说，那种情形我记得非常清楚。我还记得当时看转播，把我吓坏了。

我也差点儿吓坏了，内尔说。

他们通常不谈论这些事情，他们经常谈的是空间站的程序、轮换、检修对接漏气、清洗细菌过滤器、更换进气风扇、换热器等，或谈论他们小时候看过的电视节目、他们喜欢读的书。他们发现，虽然来自不同国家，但他们都知道小熊维尼——在心中某个角落都藏着同样的动画小熊。但涉及他们来到这里的原因，他们的动机和愿望，这些都隐藏在他们心里。他们已汇聚在这里，这便是他们的想法。你到这里了，你的生活重新开始。你带来的一切都藏在心里，它们都藏起来了，除非有必要透露，就像现在这样。这就是家。

肖恩悠闲地为自己泡了一杯咖啡，而内尔则在一旁犹豫是否该向肖恩提出一个问题。肖恩的项链上挂着一个格外醒目的十字架，这让内尔不禁好奇他信仰何种宗教。正当她思忖之际，肖恩从口袋里掏出一包混合坚果，撕开包装，随手抛起一颗榛子，然后以一种近乎鳟鱼跃出水面般的敏捷，张开嘴精准地将它接住并吞入口中。

她说,在挑战者号上牺牲的那七个宇航员,我了解他们生活中的一切,一切。

肖恩从咖啡杯的吸管吸着咖啡——像从玩具水壶喝水一样滑稽。

她说,那年我只有七岁,我把他们的照片贴在墙上,全体机组成员的照片。我从那时起,大概三年的时间里,在他们诞辰日为他们点蜡烛。

肖恩说,你这么做了?

我做了。

好的。

我现在有点儿好奇,我父亲为什么从来没有阻止我这样做。

肖恩在那里慢慢点着头,这是他评估一件事情的方式:他在消化、想象着那个为死去宇航员点燃蜡烛的女孩形象。点燃蜡烛,就这样。天哪,纯粹是为了宇航员。为什么不呢?他过去常在他的房间周围设置光纤陷阱,以阻止他妹妹入侵。孩子们各自都有各自的办法。

我被吓坏了,内尔说,我被吓坏了,他们就在那里,然后七十秒内就没了,灰飞烟灭。

肖恩说,唉,的确,七十秒内就没了。

全世界都在观看现场直播,他说。孩子们都在看。

每个人都注视着,每个人都……内尔的话语戛然而止,仿佛触及了某种难以言喻的边界。她回忆道:那时我还是个孩子,那件事让我夜不能寐,尤其是想到事情可能会毫无预兆地急转直下。她继续说,我父亲曾让我点燃蜡烛,说蜡烛能驱散恶魔,那是他为了安慰我而说的——这也是为什么人们在怀念某人时会点燃蜡烛,意思是要为他们驱魔。但你知道吗?我父亲平时很少说这类荒唐的话,那句话听起来真的很荒谬。当你乘坐的航天飞机碎成了五千多片,当你的太空舱以每小时数百英里的速度从十二英里高的天空坠落,然后在海洋中解体时,驱魔还有用吗?如果真有恶魔存在,他们不早已完成了他们的恶行吗?

她清楚地记得,她在厨房柜子里找到一些生日蜡烛和蜡烛座,把蜡烛插到塑料泥里,然后好几个小时都不敢点火。她知道不可以点火,可能会有危险,也许会在她的手中爆炸。

肖恩保持沉默,这并非出于轻蔑,而是陷入了深深的思考之中。她同样也在沉思,思绪飘回了那个令人心碎的时刻——一个多月后,当飞船的残骸和宇航员的遗体从海底被打捞上来时,她哭得撕心裂肺,将自己完全淹没在无尽的悲痛里。那是一种她自己也难以言喻、难以理解的哀伤,时至今日,她的父亲仍担忧她可能尚未完全走出那片阴霾。

肖恩顿时想起:我到底在做什么呀?坐在这个真空密封箱里?我简直就是一个密封在铁罐里的罐装人,离死亡只隔着四英寸[1]厚的钛金属舱壁。不仅是死,而且是被完全抹掉,不复存在。

你为何选择这份职业?难道是在挑战一个看似无法繁荣的生存领域?在宇宙似乎并不欢迎你的地方生活,而地球就在不远处,一个完美契合你生存需求的地方。他从未明确界定人类对太空的向往是源自纯粹的好奇,还是某种形式的忘本,也不确定这份奇异的热情最终会将他塑造成英雄还是笑柄。但确凿无疑的是,答案绝非这两者下的非黑即白,而是介于二者之间的微妙平衡。

他的思绪遭遇了阻碍,彻底陷入了停滞。但紧接着,一种突如其来的感触让这些想法重获新生,这已是今天第一百零一次了,他深切地想到了那四位正踏上月球之旅的宇航员(他的同人和朋友)。

1　1英寸约为2.54厘米。

他的妻子曾经告诫他说：你必须振作起来，如果你在上面出事了，你上百万块的碎片将永远绕着地球旋转。这个想法不错吧？她不无狡黠地笑了，并以她特有的方式揉捏他的耳垂。

喂，小鼠，千惠低声说。喂。

她从实验架上取下一个单元，将其中一个模块打开，里面的小鼠在退缩，并试图逃跑。她把它捧在手里。空间站的无线电广播，像下雨时涨满的小溪一样咕哝不停。现在是下午，美国醒了，无线电谈论的都是关于月球的话题。首位登月女宇航员，人类(男人和女人)的新跃进。

有五组共八只小鼠参与了实验——有的从未被科学之手直接干预(除了搭乘火箭进入太空的那一刻)；有的则定期接受注射，旨在防止肌肉萎缩；还有的是天生经过基因改造的，体型庞大，专为适应无重力环境而生。在未被人为干预的第一至第三组小鼠中，它们的体态日渐消瘦。自一周前被送往空间站以来，它们似乎失去了活力，身体日渐萎缩，黑亮的眼睛凸出；它们的脚虽大却毫无用武之地，显得异常突兀，仿佛尚未完全适应进化的考验。

第四组小鼠被注射了诱饵受体后，体型显得更大，更强壮。千惠逐一将它们提起，用大拇指轻轻压在它们的颈部后方，使它们瞬间安静下来，静止不动，双眼凝视着前方，仿佛被某种未知之物深深吸引。就连它们那蝙蝠一样毛茸茸的耳朵，也折起来一动不动。随后，她以另一手的拇指轻巧地推动注射器，完成注射后，便迅速将小鼠放回笼中。

第五组中的改良型小鼠显得更为勇敢，它们似乎本能地意识到，庞大的体型为它们带来了额外的优势和力量。当她伸手为它们更换食物棒时，这些小鼠会主动靠近，发出吱吱的叫声，并对那只与它们体型相差不大的手展现出浓厚的兴趣。相比之下，那些未经治疗、肌肉已显萎缩的小鼠，在她的手中只有李子那么大。她轻轻地将嘴唇贴近它们的耳朵，低声细语道：我很抱歉，你们都无法存活，不仅是你们这些小家伙，还有那些体型庞大的。很抱歉，我必须告诉你们，你们都将面临同样的命运。

小鼠们似乎以一种超乎想象的平静接受了这一沉重的消息。她轻声对它们说：你们必须学会坚忍，永远都要保持这份坚忍。在用拇指轻抚它们突出的脊柱时，她的思绪飘回了母亲骨灰挑选的仪式上：家人细心地在骨灰中搜寻、收集着火化后遗留下的每一片骨头碎片。那是她决然不会错过的时刻，她心中最渴望找到的，是母亲前臂内侧的那根骨头——尺骨或是桡骨，一根修长而富有表现力的骨骼。每当千惠看到母亲洗手或帮她梳头时，那手腕如同精密的滑轮般灵活弯曲，对年幼的千惠而言，那简直是机器人般的完美无瑕。她心中默念，就要那根骨头，或是它的一小部分碎片，或许她会请叔叔帮忙辨认。

在温馨的厨房里，彼得罗正享受着所谓的"通心粉奶酪午餐"。在他踏上星际旅程之前，正值青春期的女儿曾向他抛出一个问题：你觉得进步就是美吗？他毫不犹豫地回答：是的，当然，这还用想吗？天啊，这简直太美妙了！但女儿随即追问：那原子弹呢？它们也算美吗？还有那些被送入太空、设计成公司图标模样的人造卫星，那些在月球上计划建造的建筑物，它们也是美吗？她疑惑地补充道：我们真的需要在月球上建房子吗？我更喜欢现在的月亮。彼得罗微笑着回应：是的，女儿，我也喜欢现在的月亮。但你所提到的那些，包括原子弹的震撼、人造卫星的创意、月球建筑的梦想，它们都是美的体现。因为美并不等同于善，你并没有问我进步是否总是善的。一个人之所以美丽，并非因为他有多善良，而是因为他活着，就像孩子一样，充满生机、好奇和活力。不必深究善恶，他们的美，源自眼中闪烁的光芒。他们或许会犯错，会伤人，甚至自私，但正是这份生命的活力，定义了他们的美。进步亦是如此，它的本质就是生命的跃动与不息。

然而，他当时并未预料到，太空专用的即食通心粉奶酪会如此不尽如人意，它既缺乏美味，也谈不上美观，更非源自任何有生存意志的东西。他试图通过加入飞船补给的新鲜大蒜来提升其风味，于是在一个旧饮料袋中混合了大蒜和油，把它们加热，制成酱料，打算用它来为各种食物增添风味。不幸的是，袋子因过热而破裂，浓烈的大蒜味迅速弥漫开来，侵入了烤箱、厨房、休息区乃至实验室的每一个角落。这股气味经久不散，数日乃至数周都萦绕不去。事实上，到现在还能隐约闻到（在这密闭且空气不断循环的舱室内，气味又能逃向何方呢）。

他隐约能捕捉到无线电广播的片段，内容围绕着猎户座飞船及其即将执行的登月任务展开，这艘飞船作为"阿耳忒弥斯计划"的重要组成部分，将搭载宇航员开展为期三天的月球之旅。[1]阿耳忒弥斯，那位月亮女神与善射的狩猎女神，其名字被赋予了

---

[1] "阿耳忒弥斯计划"是2017年美国总统特朗普正式批准的载人登月计划。整个计划的前期将分三阶段进行：一、实现无人飞船绕月飞行并返回地球；二、实现载人飞船绕月飞行并成功返回地球；三、实现载人登月。

如此尖端的科技项目，不禁让人好奇：为何连最先进的科技品牌也钟情于用神话中的神祇来命名？不过话说回来，又有谁能拒绝乘坐那艘以希腊神话的神祇命名的太空飞船呢？站在地球之外来看地球，一个念头会悄然浮现：是否离某件事越远，对它的理解就越全面？这个想法或许有点儿稚嫩，但他坚信，若离地球足够远，人们终能以一种全新的视角审视它：将其视为一个孤立的对象，用眼睛凝视它，看到的只不过是一个小蓝点，一个浩瀚宇宙中的微小存在，充满了未解之谜。不是要深入探究它为何神秘，而是要简单地认识到它的神秘性，将其看作是一个数学上的集合体，亲眼见证其作为实体在宇宙中的消隐。

在午休时间，罗曼试图启动分组无线电的功能，但他们正经过澳大利亚人迹罕至的中部地区，那里根本没人，更甭提业余无线电操作员了。令他惊讶的是，居然有一些杂音传来，但没有任何清晰的信号。你好？Zdraste？[1]他说。俄罗斯厨房的墙上贴着谢尔盖·克里卡列夫的照片，他是第一位前往空间站的俄罗斯人，是空间站的建造者之一。他此前被苏联送上太空，在和平号空间站轨道上停留的时间比

---

[1] 俄语，意为"你好"。

原计划长了近半年之久，因为他在空间站时，苏联解体了，他无法回家。整整一年时间里，他每天通过分组无线电与一位古巴女性交谈，这位女性向他传递了苏联解体的消息。这就是罗曼心中的英雄和偶像克里卡列夫，他并非一位声名显赫的人，而是一位安静、聪明、温柔的人。

但你无法事事尽如人意，彼得罗边擦拭着餐叉边想。轨道上的食物调味品有限，新鲜面包更是稀缺。大蒜种植实验也以失败告终，味觉与嗅觉仿佛都被这环境所侵蚀。然而，在最不起眼的瞬间，一种静谧的喜悦会悄然而至，让你能穿透飞船冰冷的金属壁，感受到南半球星辰的温柔。即使不抬头仰望，那璀璨的光芒也仿佛触手可及。他的女儿曾问他如何看待人类的进步，这真是个发人深省的问题。他多么希望当时没有以那么肯定且充满辩术的方式作答，因为这个问题来自一颗纯真的心灵，理应得到同样纯真的回应。他应该这样说：我不知道，宝贝。这个回答才是最真实的，因为谁能在目睹了人类对地球造成的伤害后，还能轻易地说出"他们很美"呢？人类的傲慢，唯有其愚蠢能够相提并论，而这些如同阳具般刺入太空的飞船，无疑是傲慢之心的最佳象征，是一个陷入疯狂自恋的物种的图腾。

但他渴望在归家时告诉女儿，进步并非某个具体事件，而是一种内心的感受，一种源自腹部，蔓延至胸膛的冒险和扩张之旅，直至这种感受触及大脑——那个常常让感知变得复杂的地方才停歇。他自内而外，从腹部至胸膛，深切地体验到了万物之美，那是一种不可思议的恩泽，引领他遨游星空，这份感受自他踏足此地以来，便如影随形，无论是在日常生活还是在特殊时刻。他无时无刻不在感受美的存在：无论是他在清洗控制面板和通风口，还是与同事共进午餐和晚餐的时光；无论是他将垃圾收集后射向地球，任其在大气中化为灰烬，还是从光谱仪中观测地球的轮廓；无论是昼夜的交替、星辰的隐现，还是从空间站看到地球时的绚烂景象；更不必说，在半空中精准截住牙膏泡沫的微妙瞬间，梳理发丝的简单动作，乃至每日工作疲惫之后在未固定的睡袋中随意蜷缩的睡眠（在这里，距离地球两百五十英里的高空，正确的睡姿与作息时间都失去了意义，我们自行定义日夜作息，而外界的日升月落则自有其规律）。这些都是彼得罗渴望向女儿讲述的——更确切地说，是渴望与她共同分享的故事（他多么期盼她能亲历这一切）。这种温柔而开放的美的见证，贯穿了他两次太空任务的始终。或许，他之前的回答显得过于肯定，但在这片我们全力以赴、履行短暂使命的天地之间，谁又能否认进步的无限美好呢？

千惠对小鼠说，我跟你们做个交易吧：如果你们开始学习在空中飞翔，我今晚一定回来看望你们。我得让你们知道，你们剩下的时间不多了，不能老抓着笼子的栏杆不放。你们几个月后将坠入大西洋。如果侥幸存活的话，你们也会被送到实验室分析，献身于科学。现在你们必须放手一搏，马上行动起来。你们会喜欢在空中失重的感觉，不会感到害怕的。生命如此短暂，对你们而言尤其如此。放开点儿，大胆放手一试！

它们在那儿呢，安东通过实验室的门户窗用余光就能看见这些星星：半人马座、南十字座、天狼星和老人星，还有由牛郎星、天津四和织女星组成的夏季大三角 (但在他看来是倒转的)。安东在照料小麦，它们生长的活力让他时而感动，时而激动，时而悲伤，但他被一种令人震惊的黑暗所阻止：不是在空中旋转的星球的戏剧性壮丽，而是一切都那么悄无声息，只有上帝知道怎么回事。这就是迈克尔·柯林斯独自一人在月球的黑暗轨道上所说的那种黑暗——奥尔德林、阿姆斯特朗及地球上的人类都在另一边，而他独自一人在这边，上帝才知道这是什么感觉。

通过地面团队，肖恩与正在前往月球的宇航员朋友取得了联系。他们以宇航员的方式互相交换了一些低调的信息。上升时飞船有些颠簸，但现在很平稳。那边景色确实很漂亮，他说他也希望去那里，这个说法真假参半。他太想登月了，可他也想念妻子，不忍离她更远。月亮满盈，美得令人窒息，靠近大气层的那端有点儿变形，像坐皱的坐垫。当他们向北飞越雪山环绕的安第斯山脉时，地面露出了微光，接着云层变薄了，下面隐约可见的亚马孙河，它看上去像被火烤过一样焦灼、粗糙。

你好吗？罗曼通过他的封包无线电对正在隐去的澳大拉西亚大陆喊话。Zdraste？

在静电噪声和其他噪声中传来了一个声音：你在吗？喂，喂，你在吗？

第五圈轨道，下降

一

地球有很多循环系统：生长和分解、降雨和蒸发，大气循环推动了各大洲的气候变化，使地球生机勃勃。

这些知识你自然早已熟知，但只有在太空，你才能亲眼看到大气环流，这是内尔愿意整天观察的景象。她在成为宇航员之前是一名气象学家，对天气独具慧眼。地球如何拉动气流，赤道上的云如何因地球自转被向上、向东拉拽，赤道附近海洋蒸发的湿热空气被拖向高空，向极地方向流动，并慢慢冷却、下沉，向西沿一条曲线被拽回来。这种大气环流无休无止，永不停歇。尽管拖、拉、拽这些词能描述气流的力量，却无法表达它的优雅。它的……什么吗？它的同步性／流动性／和谐性，没有一个词能完全达意。地球和天气并非相互独立，它们同属一个整体。地球就是气流，气流就是地球，就像一张面孔与它的表情一样无法分开。

那么，她现在看到了什么表情呢？这个台风又成长了九十分钟，它的胆子也同样长大了九十分钟，正在逼近陆地。人们通常说这是天发怒了，但从这里看不出来是愤怒，更像是主动挑衅，是力量和活力的展示，像极了哈卡舞[1]中武士的脸：眼睛爆出，舌头往外吐。

她拍摄了台风的形成过程。简直不可思议，她目睹了信风形成时气流的曲线，它们沿着赤道向西流动，热气从海面向上升腾，云团形成了一条从海洋吸取燃料的巨大柱子；海洋越暖，风暴就越大。这些她全知道，只是她从未见过这样的动态场景。

彼得罗过来加入她时说：这个台风太猛了。他们一起目睹台风向菲律宾、越南和中国的台湾海岸慢慢逼近。它有个好像打孔打出来的台风眼，虹吸着水汽。围绕着台风眼，螺旋云团聚集盘旋，长达数百英里。

---

1 新西兰毛利人传统的战舞，通常在重要场合或比赛前表演，用来展示勇气、团结和力量。

菲律宾看上去很脆弱，不堪一击，不是吗？彼得罗说。那些首当其冲的小块陆地就像会随时被台风吹走似的。

内尔点头同意说，我在那儿潜过几次水。

我度蜜月时去过菲律宾，他告诉她。我在图巴塔哈礁潜过水，一辈子从未见过如此令人难以置信的景观，那里多姿多态的形状、颜色和生物，我此前完全不敢想象。我在萨马尔岛潜过水，和一个渔夫成为好朋友，我和妻子跟他全家一起吃过晚餐。

内尔说，那里的人太好了，他们很热情，很开放。我在科隆湾的沉船，在梭鱼湖以及马拉帕斯库亚潜过水。有一天，我们黎明时分就出发，我们看到了蝠鲼和长尾鲨。这些鲨鱼长得像镰刀，像抛光的钢板一样滑溜，要不是它们略带忧虑的小脸，看起来完全像是人造的。它们游动时，水完全不起波澜……就好像它们完全没有移动。彼得罗说，我没见过长尾鲨，我见过一只鲸鲨，你见过吗？没有，但我看到了我特想看到的蛙鱼。彼得罗回应道，我也看到蛙鱼了。我的天，它可真是太美了，亮黄色的。我还看到了沙丁鱼群，他说。是的，内尔说，像只海怪在你身边轻轻滑过。彼得罗说，像一道光，一道从水中划过的光。一种深蓝色的光，内尔附和道。

就是那种光、那种颜色、那些生物、珊瑚、声音，是所有这一切。彼得罗说：对，所有这一切。

令人惊讶的事情

想象力

杰基·奥纳西斯[1]的死因（腹股沟的肿块）

恐龙

戴红色笔帽的蓝色笔

绿色的云朵

戴蝴蝶结领带的孩子

当千惠听到母亲死讯时，她立刻找到了她在轨道上的几个地球物品：一张母亲在她离家来这里之前给她的照片。照片中，她母亲站在离家不远的海滩上，她还很年轻，二十四岁，那时还没有千惠。她刚刚结婚，搬进一栋海边的房子。她妈妈穿着一件厚厚的羊毛大衣站在海滩上，然而当时是七月，天气肯定很热。照片的背面写着：1969年登月日。这

---

[1] 指杰奎琳·李·鲍维尔·肯尼迪·奥纳西斯（Jacqueline Lee Bouvier Kennedy Onassis, 1929—1994），美国第35任总统约翰·肯尼迪的夫人。

是她父亲的字迹。她妈妈正皱着眉头望向天空，一只海鸥似乎在高速掠过。海鸥模糊不清，但妈妈很清晰、安静、瘦小。不知道她皱眉是因为鸟，还是因为阿波罗号宇宙飞船曾经在这片天空飞过。

对于童年时期的千惠来说，这张照片有一种她既不理解，也无法置疑的力量。它的诱惑在于缺席的月亮、缺席的登陆及发生在别处的伟大纪念日。这种缺席具有某种神话色彩，登月日。她小时候以为，她妈妈从海滩上看到的一定是月亮上发生的事件，妈妈可以用肉眼看到。或者，她妈妈在某种意义上参与了这个事件。直到母亲在她执行这次任务前给她这张照片，她才想起从前的那些想法，并感到了这些想法的冲击力和过去的力量，以及过去如何悄无声息地创造了未来——因为回首往事，她确信正是这张照片引发了她首次对太空的遐想。

现在，在照片的背面"1969年登月日"的后面，还写着：为了之后及所有即将到来的登月日。后面这句是她妈妈的字迹。当千惠读到这时，她不敢相信这是母亲写的，她很想知道妈妈是否事先知道了什么，比如她自己预感到的死亡，并想在走之前暗暗表白一番。这个想法让千惠感到茫然，她想念母亲，想念她的坚韧、直率、疏远。她认为母亲很独特，有多少人在原子弹爆炸时还躺在婴儿床里？不多。有多少人的母亲在那个可怕的八月因原子弹爆炸失去了生命？她母亲的生活恬静安逸，一点儿也不像千惠的生活。想想便知，海滩上的那张照片是母亲生活的完美体现，世界在她身边飞驰而过，影像模糊，而她却静止不动。尽管她和母亲的生活完全不同，千惠依旧把自己的勇气都归功于她母亲，包括她的韧性、皮肤的厚度，她对任何困难、痛苦或危险的准备以及她在困难和危险面前的勇气和泰然自若，全都归功于她母亲。她的试飞员大脑让她时刻想着飞行，连呼吸时，做梦时都想着飞行。在她与死亡进行竞技对抗时，她一直都在赢，这让她觉得自己天下无敌、百病不侵，她便是这样悄无声息、出人意料的鲁莽。

她知道自己并非这样，并非无敌。在整个世界都在崩塌的时候，她只是穿越了一条裂缝，穿过了一条历史裂缝，得以存活。她姥爷在原子弹爆炸那一天感到不舒服，请了病假，留在家里照顾婴儿。她姥姥当天去了市场，连尸骨都没了。她姥爷在长崎军工厂工作，那里的人全都没了，遗体也找不到。那时候，经过了多年的战争，日本人的身体都不舒服，每个人都食不果腹，每个人都生病，不是感染霍乱、痢疾、疟疾，就是感染旧的病毒，他们身体无法得到医治——她姥爷已经病了一段时间，那是他是第一次请病假。为什么是那一天？如果他那天去上班，他就会没命。如果他没留在家里，家里的婴儿就不会和他一起留在家里；如果婴儿——即千惠的妈妈——那天被她妈妈带去了市场，她便会早夭，千惠也因此就不会出世。千惠的家庭就这样侥幸地从历史裂缝中逃过了一劫。

千惠的眼睛盯着这张照片，它曾挂在家里的墙上。她记得妈妈曾经指着照片对她说：小千惠啊，你看，那是我在人类登月那天拍的照片。可直到今天，她也不清楚登月日妈妈在海滩上看到了什么；她无法理解这个场景的一个奇异之处，即图像和题词的不协调。她仔细观察妈妈的脸，试图从她的皱眉中找到隐含的意义，但没找到。她对此的所有解读都是事后对真相的猜测。当千惠还是个孩子时，这张照片为什么会挂在墙上？它有什么特别之处？有何启示？有何意义？是母亲对女儿说：现在向你展示的是生活的各种可能性。人类，包括你，可做的事没有止境。可是，她为什么要皱眉呢？为什么不在相片中展现这种可能性或希望？或许她是在说：看看那些去月球的男人吧。你看到或听说过他们中有女人吗？更甭提是否有非白人、非美国人的女人了。

你注意到他们全都是猛男,全世界的目光聚焦在他们身上,还有他们的火箭、推进器及有效载荷。世界的本来面目就是:男人的游乐场,男人的实验室。不要跟他们竞争,因为跟他们竞争你会以失败告终,你会感到沮丧、自卑。为什么一定要参加一场你无法取胜的竞赛呢?为什么要设定自己失败呢?所以,我的女儿,你要知道你并不比任何人逊色。你要牢记在心,尽可能过一种不张扬,但有尊严的生活。这个你会为我做到吗?

或许她是在说:我的孩子,看看这些登月的男人,人类做的事情太恐怖了,因为我们知道这一切的含义。我们了解人类开拓精神所带来的炫耀和荣光,我们了解原子裂变带来的奇迹,我们了解科技进步的后果。你姥姥最清楚了,她走在人行道时,听到了一声闻所未闻的巨响,看见一道既遥远又近在咫尺的闪光,这一切就发生在她身上,仿佛是发生在她的脑海里。她在一阵眩晕中想到的和看到的唯一的人,就是我。我是她的第一个,也是唯一的孩子,我就是最后出现在她脑海里的人。所以,我也想对你说,千惠,你是我的第一个也是唯一的孩子,你对人类踏足月球可能会赞叹不已,但你绝不能忘记,人类为这些荣耀付出了惨重代价。人类不知道何时会停止折腾,不知道何时会收手。所以,虽然我没明说,我的用意是,你要多加小心,你要保持警觉。

在她妈妈可能想表达的这些意思中,千惠看来完全选择了第一个,而且尽力走了下去,尽管那是最不成形、最不可信的一个。即使这可能并非母亲的本意,她还是接受了它,而且她现在来到了太空站。她认为母亲的意思是:看看那些登上月球的人,看看一个有欲望、信念和机会的人能取得什么成就。如果这是你想要的成就,你自己也完全有能力获得。他们能做到的,你也能做到。我说的"做到",是指做到任何事情,任何事情。不要浪费生命,因为我,你的母亲,那天本来要和我母亲一起去市场的。如果那天发生的一系列事件中,有一丁点儿和现在不同,我早已成为原子弹最年轻的受害者之一了。如果我死了,你就永远不会出生。可你的确出生了,还做到了现在这种程度,而那些男人在月球。所以,你看,你是胜券在握的一方,占据优势,也许,你可以过上一种受人尊敬的生活,甚至更进一步,对吧?对她母亲的无声请求,千惠默默地答道:我可以的,我明白了。

她在房间里傻傻地点着头,她不知道妈妈是否能够看到;但说到底,她根本就不了解母亲,这些想法都是她的想象,都是她心情的投射,可能都是错的。

第六圈轨道

一

俄罗斯卫生间门上写着：**仅限俄罗斯航天员**。

相应地，美国厕所门上写着：**仅限美国、欧洲和日本宇航员**。由于持续的政治纷争，请使用您自己国家的厕所。

国家厕所这一概念在乘员中引发阵阵讥笑声。肖恩会开玩笑说，我去撒泡爱国尿。罗曼会说：伙计们，我进去为俄罗斯出恭。

俄罗斯航天局通知美国、欧洲和日本的航天局：你们如果要使用我们的厕所，从现在开始要付费了。美欧日航天局立即还以颜色：得了吧，我们的厕所会比你们的差吗？不准你们使用我们的健身单车，不准你们进入我们的食品库。这种情况持续了一年多。

飞船任务控制中心的内部摄像能看到,这些规定都遭到空间站乘员的公然无视,要改变这种情况完全没意义。他们于是得出这个结论:航天员和宇航员都像猫:勇敢、冷静、不可驯服。

乘员们在想:我们一直在旅途中,已经连续旅行了几年,几乎没有安定的时候;我们住在睡袋里或借来的地方,住在酒店、航天中心、培训中心,睡在朋友的沙发上,从一个城市转到另一个城市参加各种培训,住在洞穴、潜艇、沙漠里,锻炼胆量。如果我们有什么共同点,那就是我们不属于任何地方,我们能接受任何地方。我们因此来到了这儿,来到了这艘神话般的航天器,这个最后的无国界、无边界的前哨,挣扎着对抗生物受生存环境的束缚。厕所还能跟什么搭上关系呀?在宇宙飞船上,我们都锁定在温柔、无差别的轨道中,玩这种外交游戏有用吗?

我们呢?我们是一体的。至少现在,我们是一体的。上面的一切物资都是我们重复使用和分享的。我们不能被分开,这是事实。我们不会被分开,因为我们无法分开。我们喝彼此的回收尿液,我们呼吸彼此的回收空气。

他们在实验室里飘浮,头上戴上虚拟现实头盔。这时,一个温和而清晰的声音传来指令:请计算蓝色方块出现在您视野中的时长,以秒为单位。他们预估是八秒,随后将各自的数字录入笔记本电脑:三十六秒、二十秒、三秒、二十九秒……随后,那个声音诚挚地回应:谢谢,大家做得很好。你准备好下一个任务了吗?准备好就点击"开始"吧。

接下来的任务要求他们根据预设的时间长度,尽量准确地让蓝色方块保持在视线范围内:五秒、十九秒、四秒、三十八秒,每一次都考验着他们的专注与判断。紧接着,测试反应速度:蓝色方块一出现,他们就迅速按下笔记本电脑上的按钮。每次完成后,那温和的声音都会给予鼓励:你做得很好。准备好迎接下一个任务了吗?准备好了就再次点击"开始"。在今天阳光明媚的上午,美国第一次出现在左舷,但很快又消失不见了。

数到一分钟时点击屏幕。

数到九十秒时点击屏幕。

一分钟,然后是九十秒,他们似乎在中途就跟不上了。他们想,自己数得太快了,然后又改变了主意,不,太慢了;他们从四十二秒直接跳到了四十五秒,然后立刻后悔了,又在五十秒处停留了片刻。你做得很棒,那个声音说。

当他们凝视着那片蔚蓝的方块时,空间站悄然越过了赤道,守卫完成了轮替;转眼间,他们已踏进北半球,月亮似乎也顺着地球的转动翻了个身,原先位于月轮左侧的渐盈光辉,此刻移至了右侧,犹如煎锅中的薄饼被优雅地翻了个面。星辰逐渐稀疏,不再是银河系心脏地带那般有繁星密布,而是引领他们望向银河系旋臂尽头的遥远天际,那里星系逐渐隐退,直至完全消失于视野。随后,夜色悄然退让,白昼即将接管,委内瑞拉的上空首先捕捉到了一抹闪烁刺眼的光芒,他们知道,那是太阳初露锋芒的信号。紧接着,地球轮廓的右侧化作了一弯闪耀的新月形利刃,银色的光辉倾泻而下,将星辰一一驱散,漆黑瞬间被大海黎明的曙光温柔地唤醒。

你的表现很出色,那个声音说道。你每次都错了!真可惜啊,蓝色的方块停留了十五秒,你只报了十秒;你数的一分钟似乎可以随意扩大——一分半钟,有时甚至更长。真遗憾,它安慰道,你飘移时间太久了,你飘浮的时间太长,你身体里的时钟已经走慢了。真遗憾,你早上醒来时,感觉不到自己的手臂在哪里,要亲眼看见才知道在那里。缺少重量的反馈,你的四肢东歪西倒。(我的手臂放哪儿啦?

大脑惊恐地问。我把它放哪儿啦？）真可惜啊，你的四肢迷失了空间。迷失了空间的人，也迷失了时间。你正在失去掌控。当你以闪电的速度瞬间抓住飘过的钳子时，你的瞬间变成了缓慢的两三秒，时间在你身边开始变得缓慢、沉重。你不再像以前那样敏捷能干了。真可惜啊，你腕上的欧米茄超霸表，它的计时器、测速仪和同轴擒纵机构都没有意识到，这是你今天早上醒来以后的第七次绕地球飞行，没有意识到太阳就像机械玩具一样升起降落、升起降落。真可惜啊，你的世界变得有弹性，变得颠倒错乱了。现在是春天，半个小时后就是秋天，你的生物钟乱了，你的感官变得迟钝，你那敏捷的、宇航员式的超凡自我变得松松垮垮，无忧无虑，像海藻或浮木一样漂浮不定。你准备好进行下一个任务了吗？准备好就点击"开始"。

时间在一秒一秒地消逝，它的意义越来越微不足道。时间缩小成白色背景上的一个小点，显得清晰而毫无意义。然后，它就膨胀到无边无际，失去了形状。接到指示后，他们立即闪电般地点击光标，但却一点儿都快不起来。欧洲在午后的雾气中缓慢地移动，云层衬托出海岸线的形状。这里是英格兰西南角伸出的脚趾，在无力地踢向北大西洋。英吉利海峡一眨眼就过去了，还有布鲁塞尔、阿姆斯特丹、汉堡和柏林，它们像是在灰绿色毡布上用隐形墨水绘制而成的；丹麦则像只海豚，向挪威和瑞典方向跃起；接着是波罗的海和波罗的海国家，然后俄罗斯立即跃入眼帘。欧洲悄悄地来，又悄悄地走了。那个声音依旧温暖地说道：真遗憾，你存在于所有的时区，却不在其中的任何一个逗留。你藏在这只巨大的金属信天翁肚子里，穿越着地球的经纬。你的大脑不够用了，它被要求做的事情比它能胜任的要多。一切都运行得太快了，对你来说这有点儿残酷。一个大陆刚消失了，另一个大陆又出现了。你如此深爱着地球，可你从来就没有驾驭过地球。你的人生之旅一眨眼就要过去了，生活节奏本来就很快，对于衰老的大脑来说就显得更快了。这对你有点儿残忍：不经意间你又要回到带防热罩和降落伞的返回舱了，你将冲过大气层，被火焰包围，你下降时将在空中留下血色的轨迹。如果上帝心情不错，你会降落在视野开阔的平原上，被人从舱内拉出来的时候，你的腿会变得又细又弱，你变得只会吐出很多单音节词，但你曾经是可以流畅说话的。

大陆边缘的光线正在变暗，海面平静如镜，反射着太阳的余晖，泛着铜色光芒。云朵投在水面的阴影拉得很长，很长。亚洲大陆渐渐隐去，澳大利亚在最后一缕铂金色残阳中变得愈加暗淡无光，连轮廓都不再清晰了。一切都笼罩在灰暗中，地球此前被晨曦照得黑白分明的轮廓，现在正被悄悄抹掉，黑暗蚕食着它锐利的边缘，仿佛整个大地在消融，渐变成一团模糊的紫色，就像一幅正在被洗去颜色的水彩画。

第七圈轨道

一

轨道向北移动,当晨昏线——即黄昏与黎明的交界线——从飞船下方掠过,并把黎明拖拽过来时,他们正在靠近中美洲。太阳在这一天中第七次升起,上升很快,形态完整。晨光抵达地球之前就洒在他们的身上了,飞船看上去就像一个点燃的子弹。

不知怎的,内尔想,一旦你经历过太空行走,透过窗户看太空的感觉再也不同于以前了,就像隔着栏杆看一头曾把你追得屁滚尿流的猛兽一样,它本来完全可以把你吞噬的,但却选择了让你紧挨着它颤抖的侧腹,去感受它陌生、狂野的脉动。

上周她在太空行走时,刚开始时她感到自己要掉下去，有那么一瞬间，这种感觉可怕极了。当舱门打开，你从气闸舱里出来迈进太空时，你能看到的只有两样东西——空间站和地球。有人建议你不要往下看——要专注于你的双手，专注于你的任务，直到你完全适应为止。但她还是往下看了，她怎么可能不往下看呢？那光秃秃的，令人吃惊的地球正在她的脚下快速旋转。从太空上看，地球并不像一个实体，它的表面很光滑，看上去像在流动。然后，她看向了自己的手，她双手戴着手套，手套很大，像幽灵一样苍白。她看到宇航员同事彼得罗在她前面滑翔，他准备安装的光谱仪在他身旁飘浮着，而他就像刚开始翱翔在自由天空中的一只小鸟。

你检查安全带，握住扶手紧挨着太空船移动；你还需保护带出舱外的设备：拴在太空服上的电池、天线、装置、备用面板；你还要避免被安全绳缠住。穿上太空服行走很笨拙，因为太空服体积大，重心很难掌握，移动的方向很难控制。这让你记起：在水里训练时池中的静水对身体形成支撑，这是在太空时无法做到的。太空的残酷和渴望(没有恶意，是一种虚无的冷漠)拉扯着你，让你身体失去稳定，头脚颠倒，心神崩溃。你要记住，不能对抗它，要适应它，那种感觉像冲浪。接着，你将目光朝下看，好像要核实下面的地球和海洋是不是梦境或海市蜃楼。地球是真的，就在空间站的桁架下面。地球开始变蓝了，上面覆盖着白云，看上去非常温润柔软，简直不可思议。它不再那么可怕了，相反，它美得让你快要心碎。你的安全绳在摆动，脚悬在空中，肘部被太空服摩擦得非常疼痛。你爬上桁架，把安全绳锁扣固定好。左侧，一颗通信卫星在轨道上旋转。

她被告知：她在舱外待了好几个小时了——快七个小时了。你感觉不到时间的流逝，你完成舱外的安装和修复任务，给舱口及外部安装的仪器拍了照，清理了几件太空垃圾，它们是被引爆或丢弃的数以万计的卫星、运载火箭和航天器的残留物；无论人类走到哪里，都会在那里留下他们破坏自然的证据，这也许是所有生物的本性使然。黄昏悄然而至，大地被染成了青色、紫色、绿色，像一块大面积的瘀伤。你抬起遮阳板，打开了灯。夜幕降临，繁星点点，亚洲大陆如一颗硕大的珠宝从眼前掠过。你在灯光下工作，直到太阳再次升起，你在这之前无法辨认的海洋重新显现。逐渐映入眼帘的陆地覆盖着一层冰雪，又被晨曦染上了一层蓝色，地球边缘在拂晓前的朦胧态中呈淡紫色，让人喜忧参半。现在，在你脚下展开的可能是戈壁沙漠。同时，地面人员发出了让人安心的指令，你的伙伴在翻看附在宇航服衣袖上的说明书，你透过遮阳板大概能看到他的脸：一张恬静、椭圆形的人脸出现在偌大、尚未被命名的景观之中。与此同时，太阳能电池板在吸收着阳光的能量，直到黄昏再次降临。你的同伴在落日余晖中变成一个黑色剪影。夜色在地球上慢慢铺开，渐渐地将它覆盖。

内尔从幼年到青春年华，都有在高空翱翔的梦想，这份憧憬每个人都有。无论是短暂的飞翔梦，还是漫长而慵懒的发现梦，都与跨越界限，获得自由的主题密切相关。那些过去的或现在仍然萦绕心头的飞翔梦，与太空遨游最为接近。这些梦的共同点就是失重带来的轻松和奇妙。毕竟人的身体很笨重，又没有翅膀，难以如此自由自在地飞翔。但就在这里，你终于能飞起来了，实现了出生以来的飞翔梦，这种体验非常奇妙，飞翔成了你的唯一的信仰。你很难相信，只有地球能享受着日光照耀并吸收它的光能，而地球周围的整个太空却是一片漆黑——除了黑暗之外，你很难看到任何其他东西。这种黑暗是活跃的、有呼吸的，在召唤着什么。内尔曾经害怕虚空，一旦踏进虚空，她却莫名地获得一种安慰，而且渴望——比她对其他任何东西的欲望都更强烈——挺进这虚无之境,让安全绳延长几千英里,去探寻那未知的奥秘!

你把整个身体悬挂在舱外装置上,奋力地用手枪式握把工具和扭矩放大器试图拧开那些顽固卡住的老旧螺栓,而在这片无重力的环境中,它们显得格外难以撼动。你脚下二百五十英里处,地球那光洁的球体如梦似幻地悬浮着,仿佛纯粹由光编织而成,仿佛你可以从地心穿过,这景象只能用超凡脱俗来形容它,却又不禁让人怀疑其真实性。忘掉你所知道的一切,回头望一眼太空站,就在这一刻,你会觉得自己的家就在太空站,而不在遥远的地球,站里还有四位家人正等待着你。在舱外浩瀚无垠的太空里,忘掉你所知道的一切吧。但任何人都猜不到,她的心和彼得罗的心是地球大气层到太阳系之外空间里,唯二在跳动的两颗心,他们两人的心安然跳动着,在其间飞驰而过,从未在任何地方停留过两次,永远也不会回到同一个地方。

他们六人后来说起太空行走的感受时,都提到一种似曾相识的感觉——他们感觉自己以前来过这里。罗曼说,这可能是一种未被唤起的胎儿记忆。我觉得在太空中飘浮的感觉就像待在娘胎里,尚未出世。

这里是古巴，晨曦将它披上粉红色外衣。

阳光从海洋表面反射回来了。加勒比海的淡蓝色浅水及地平线共同勾勒出了马尾藻海的轮廓。

内尔心想，现在她和马尾藻海之间已经没有玻璃或金属墙隔着了，只有充满冷却剂的宇航服帮她抵挡灼热的太阳。她只剩下一件宇航服、一根安全绳和一个羸弱的身子。

她脚朝地球，左脚遮住了法国，右脚遮住了德国，手套遮住了中国的西部。

起初，夜色——华丽的城市灯光和建筑表面的炫光——吸引了他们的目光。地球在夜晚给人一种清晰、明亮、坚毅的印象，地球上的城市像一条厚厚的绣带。欧洲几乎每英里的海岸线都有人居住，整个欧洲大陆被精细地勾勒出来，城市群宛若由金色道路串在一起的星座。覆盖着积雪的阿尔卑斯山峦在白天是灰蓝色的，而现在，同样的金线也穿梭其中。

他们在夜晚可以遥望自己的家乡：西雅图、大阪、伦敦、博洛尼亚、圣彼得堡和莫斯科。莫斯科就像清澈夜空中的北极星一样明亮，这个城市电力十足的夜晚简直就摄人心魄。生命蔓延。这是地球向宇宙深渊的宣告：我们这里人杰地灵！尽管如此，友好、和平的愿望还是占据上风，因为即使在夜晚，全世界也只能看到一个人造边界：即巴基斯坦和印度之间一条灯火通明的长道，这是文明展示的唯一分界线，白天连这条分界线都消失了。

用不了多久，事情就发生了逆转。对地球黑夜的城市灯火的赞叹持续了一周左右，他们的感官就开始移情别恋，他们的痴迷对象改为地球的白天。白天，陆地和海洋都很干净淳朴，见不到人。地球就在那里呼吸着，像一只动物。地球在冷漠的太空中踽踽独行，它完美的形象用再美的语言也无法描述。黑洞般的太平洋现在已然成了一片金黄色的田野，法属波利尼西亚的岛屿就像细胞样本，珊瑚环礁就像蛋白石那样点缀着这片海洋；它们稍后便在视野中隐去了，而中美洲则露出了它纺锤般的样貌。巴哈马群岛、佛罗里达州和加勒比板块上冒烟的火山弧映入了眼帘，还有乌兹别克斯坦辽阔的赭色原野、吉尔吉斯斯坦白雪皑皑的山川、一碧万顷美不可言的印度洋。塔克拉玛干的杏色沙漠上留下了干涸溪床交汇和分离的细小痕迹，与银河系斜向脉动的天路有点儿相似，像是在一片寂寥的虚空中向人发出了邀请。

于是，各种分歧和差异随后就接踵而来了。他们曾在训练中被告诫会出现新旧想法无法协调的情况。他们被告诫过，经常观看这个无缝的地球会有什么后果。他们被告知：你们将会看到它的丰满，没有边界，除了陆地和海洋之间的分界线。你们看不到国境线，只看到一个不可分割的旋转球体，不存在国家界线，更别提战争了。你们会同时感到来自两个不同方向的牵引力：兴奋和焦虑、狂喜和抑郁、柔情和愤怒、希望和绝望。因为你们当然知道，战争无处不在，而国境线即是生死搏斗的场所。然而在太空，你能看到一些微小、模糊的凸点，那可能是山脉；你可能看到一条细线，那可能是一条大河。但仅此而已，这里没有围墙或屏障——没有部落、战争、腐败，也没有让人感到恐惧的现象。

不久，他们每人都产生了一种强烈的欲望，想要保护这颗既庞大又小巧的行星的——不，那不是欲望，而是一种(由热情驱动的)刚性需要。地球如此神奇，如此美丽；这个地方毫无疑问就是我们的家，没有别的选项；一个内部不存在边界的地方，一颗悬挂在空中，熠熠生辉的宝石。拥有地球这么美丽的家，人类能不能永远和平相处啊？这不是一个美好的愿望，而是一个充满焦虑的诉求。我们难道不能停止虐待、毁灭、洗劫和浪费我们生命所依赖的星球吗？然而，他们听过新闻，也度过了半辈子人生，他们怀揣着希冀，但这些没能让他们保持童真。那么他们该怎么做呢？该采取什么行动？文字能起什么作用？他们是人，却拥有神的视角，这既是祝福，也是诅咒。

权衡之下，不读新闻心态更好些。有些人读新闻，有些人则不读，不读更心安。他们在上面看地球时，无法看到在新闻中常见的滑稽戏，这种滑稽戏有辱于这一庄严的舞台，是对其优雅风度的玷污；但除此之外，它们便无存在的必要了。他们可能还会收听到新闻节目，但会马上心生厌烦。新闻报道充斥着各种指责、焦虑、愤怒、诽谤和丑闻，其言辞含混不清，既过于简单又太过复杂，与来自地球清晰、嘹亮的音符相比，这种语言俗不可耐，地球每自转一圈都是在对其表达一次不屑。他们偶尔也听收音机，不过是为了听音乐，或听好玩、轻松的节目，比如喜剧或体育之类让人心情放松的节目。他们甚至连这些节目也听得越来越少了。

但是有一天，情况发生了变化。某一天，他们看地球时洞察到了其中真谛。假如人类政治真的是一场滑稽戏就万事大吉了。假如政治只是一场由表演者提供的滑稽、空洞、时而疯狂的娱乐，假如这些表演者达到今天的成就，并非因为他们的观念更具革命性，有洞察力及智慧，而是因为他们比别人嗓门更大、身材更魁梧、更善于炫耀、在追求权力时更加毫不客气，假如这就是故事的全部——那还不至于太糟糕。恰好相反，他们开始意识到这不是一场滑稽戏，或不仅仅是一场滑稽戏。这是一股强大的力量，大到足以改变每一寸地表上的景观，而我们在这里却天真地认为，地球可以免受人类影响。

大西洋污染严重，海水变暖，过度捕捞，其中每一处霓虹色或红色藻类的泛滥，主要都是由政治和人类选择造成的。同样，冰川的每一处消融或解体，每座山峰上新裸露的花岗岩山脊（覆盖在上面的雪从未融化过，现在融化了），每一片烧焦的森林或灌木丛，每一块缩小的冰盖，每一片燃烧过的油污，都拜人类所赐；凤眼莲的生存依赖于未经处理的污水，它们的入侵导致了墨西哥水库颜色的改变；苏丹、巴基斯坦、孟加拉国或北达科他州的河流洪水泛滥成灾；湖泊的蒸发导致大面积湖水长期呈粉红色；格兰查科地区曾经是万顷翠绿的雨林，而今被开发成了棕色的大牧场；绿色、蓝色的几何形蒸发池不断增加，人们从盐水中提取锂矿；突尼斯粉红色的盐沼；填海造地(以容纳更多人口)对海岸线轮廓的改变；因海水侵蚀海滨陆地而改变的海岸线，而人口增长则需要更多土地；孟买的红树林正在大面积消失；西班牙南端数百英亩[1]的温室使这个地区直接暴露在阳光的暴晒之下——凡此种种，都拜人类活动所赐。

从他们的位置上观察，其中的政治因素再明显不过了，不知何故一开始他们竟没有发现。在他们的视野里，政治操控的每个细节里都表露无遗。就像引力使地球成为一个球体，并拉动了海岸的潮汐，政治也制造了数不胜数的事端，并在各处都留下了痕迹和证据。

他们开始看清了欲望政治的面目。一种增长和索取的政治，主旨即是亿万次对更多欲望的推断，这就是他们俯视地球时开始看到的景象。他们甚至不需要俯视地球，就能心知肚明，因为他们比任何人都更像这类推断的一部分——送他们上太空的火箭助推器起飞时燃烧了相当于一百万辆汽车的汽油。

地球的形状是由人类需求的惊人力量塑造而成的，这改变了一切：森林、极地、水库、冰川、河流、海洋、山脉、海岸线、天空——这是一个被人类欲望雕刻和塑造出来的星球。

1　1英亩约为4046.86平方米。

第八圈轨道，上升

如果拥有一个长焦变焦镜头，并知道往哪里看，你可以看看在亚利桑那州沙漠中的人造弹坑，那些弹坑是用炸药炸出来的，模仿月球表面的样子。这里是20世纪60年代阿姆斯特朗和奥尔德林训练登月的地方，虽然这些弹坑已经风化得有点儿难以辨认了。

在美国西南部广阔、干燥的地带上，新墨西哥州、得克萨斯州、堪萨斯州之间看不到任何边界线和城市。云朵被风吹得扭曲变形，它们在空中像丝带一样飘动。时不时能看到一道闪光，那是太阳在飞机机身上反射出的光芒；看不见飞机，只能看见闪光。在这片皮革般的广袤地表上，能看到一些划痕、凹痕。是的，它们当然是河流，却不会流动。它们看起来干涸、静止、意外且抽象。它们看起来像一缕长长的落发。

在地球蜿蜒曲折的曲线中快速移近的，是一片青苔色地域，一片不那么干旱的陆地；紧随着便是一缕略微有点儿黑的深蓝色：密歇根湖、苏必利尔湖、休伦湖、安大略湖、伊利湖。在午后的阳光下，湖心和打磨过的不锈钢一样闪亮。

过去来了，未来、过去、未来。永远都是现在，从来都不是现在。

在他们绕地飞行的飞船上，现在是下午五点，下面的地球上，加利福尼亚州和墨西哥刚刚出现，现在还是早晨。在世界的另一边，已经是明天了，再过四十分钟，我们将到访。

在那边，明天台风将以每小时一百八十英里的风速登陆马里亚纳群岛。温暖的海水已经涨潮，群岛海岸的海平面也随之升高。现在，台风将海水往西推波助澜，海水升得更猛了，五米高的海浪把提尼安和塞班两个岛完全吞没，整个群岛好像被集束炸弹击中了似的：窗户被炸开，墙壁倒塌了，家具四处漂流，树木折断。

没有人预见到这个台风会如此迅猛地到来，它在二十四小时内从海洋中心每小时七十英里的风球，变成了向陆地发起猛烈攻击的风暴。现在看到它图像的气象学家将它的级别提高到了五级，有些人认为这是台风，有些人认为是超级台风，没有什么能阻挡它，只能预测它将在最近的一个小时整点在菲律宾登陆。他们说，那个整点就是当地时间上午十点整，在飞船上则是凌晨两点。

这即将发生在地球的另一边，这一天还没到来。宇航员正在继续完成他们最后的任务。安东为克服午后困倦吃了一块能量棒；肖恩在卸支架上的四个螺母，他要更换烟雾探测器；千惠在检查细菌过滤器。空间站穿过美国进入了大西洋。大西洋古老、平静、银灰色，像刚出土的胸针。这个半球很平静，在离爱尔兰海岸三百英里处，他们又一次完成了一圈绕地飞行，但没搞任何仪式。

经过实验室时，内尔看了一眼窗外，看到与海天相连的欧洲，看到了欧洲的美好前景。她对她所爱的人能生活在这么庄严、华贵的星球感到不可思议，好像她刚发现他们一直就住在王宫似的。人们**生活**在那里，她想。**我**生活在那里。可今天，她离那儿可有点儿远啊。

罗曼、内尔和肖恩三个月前来到这里,他们是进入一个两人帐篷大小舱室的宇航三剑客,他们与空间站对接上了:飞船的碰撞杆完美地插入空间站的接收锥,完成了软捕获。蜜蜂进入了花朵。宇宙飞船的八个机械挂钩锁定了舱段,硬捕获确认完成。舱段处于静止状态,罗曼,内尔和肖恩转向彼此,他们用还未适应失重状态的手互相击掌庆祝。罗曼轻轻地捧起儿子送他的那个毛绒月亮,它在航行中就挂在他们面前,是个吉祥物,在那里上下起伏浮动。在宇宙的广袤无垠之中,即便是一个吉祥物,也享有最高尊严。前途一片光明,他们充满憧憬,激动得几乎说不出话来。

静止,再静止——静止在乘员的心中绽放。经过了六个小时令人激奋的快速飞行,现在静止了,到港了。你简直就不敢相信,六个小时前你还站在坚实的土地上,现在你从座位上站了起来,伸直了弯曲的腰背,进入轨道舱。

他们静候了大约两个小时,等待完成泄漏检查及两个航天器之间的压力平衡。舱口的另一边是三个月前到达的乘员：安东、彼得罗、千惠。他们在舱口上敲了几下，对面也回敲了几下，于是乎敲击声此起彼伏。他们航行了这么远，与他们未来几个月的家只相隔十八英寸，离他们这么久以来一直追求的目标仅十八英寸之遥，但他们必须等待。这种等待在某种意义上类似于站在天堂的前厅，即现世和来世之间的中转站。在某些方面，这两个小时的等待与你所熟悉的经历完全不同。你此前从未有过远离地表的经历，你对往后的经历尚一无所知。你以前从来没有这么疲惫过，你对微重力环境感到难以置信，你的鼻音让你觉得自己的说话声完全不像是自己的声音。

他们在耐心等待两个水银压力表的数字相等——在打开舱口之前，它必须达到746，747。罗曼目不转睛地盯着压力表，然后他插上曲柄并慢慢地转动，舱口另一边的乘员在他向前推的时候就往后拉，他听到他们的声音：对，就这样，成功了，搞定。舱口带着有气无力的喘息声慢悠悠地打开了，这与他沉浸在喜悦之中的感觉形成极大的反差，他们都被喜悦淹没了。一阵笑声传来，接着几张面孔出现了：彼得罗，我的朋友；千惠，亲爱的千惠，我的朋友；安东，我的兄弟。这个舱室是他们长时间的飞行模拟过程中所熟悉的,他们的身体笨拙地通过舱口进入舱室,六个人欢聚在一个狭窄的空间里,这是令人惊奇的生命组合。紧紧握手、长久拥抱、诚挚问候、热烈欢迎,天啊,你能相信吗?我们做到了,你做到了,见到你真高兴,欢迎,欢迎,欢迎回来。吹口哨。安东遵循俄罗斯的待客之道,带来了面包和盐,或饼干和盐块,他们各自都得到了一份这样的礼物。

这样的欢聚持续了一会儿,然后他们不知不觉地就戴上了耳机,打开了麦克风,通过视频与家人相见,个个都笑容可掬。但你在背景中看到的并不是你的家人,不是你的客厅,而是你前世记忆里的东西,现在以一种模糊的回忆方式来到你身边。他们结结巴巴地说着一些话,但话一出口就忘得一干二净。他们的大脑被控制,乱成一团,累得无法看清周围的事物,四肢也不听使唤。即使是以前来过两次的罗曼,也需要一些时间来调整,这种经历会给你的身体带来巨大的冲击。这是你第一次看到这样的地球景象,让你目瞪口呆;它就像一块碧玺,不,像一个哈密瓜、一只眼,呈淡紫色、橙色、杏仁色、紫丁香色、白色、品红色,还带着遍体鳞伤的纹理及动物脱壳般的华丽。

那天晚上，罗曼在沉睡中看到毛绒月亮在他面前打转，他梦见儿子身陷险境需要帮助。他的前额疼得像被斧头劈开了一样，他担心自己的呕吐声吵得别人无法睡觉。在美国区，肖恩也在担心同样的事情。

早上，一切的一切都是新的。他们的衣服刚从包中取出，皱巴巴的，牙刷和毛巾都用塑料薄膜包着。他们的运动鞋松垮垮地套在没有血色的双脚上，身体的血液涌上脸庞，形成一张睡意蒙眬又惊讶不已的面孔。外面的世界，就是在那天被创造出来的，同时它也是最古老的。他们的心智焕然一新：疾病消失了，身心完全净化了。罗曼在教内尔和肖恩（他们之前没来过这里）移动的艺术：你们的身体可以飘浮，可以飞翔；这简直就是非人类行为！你们可以在空中游泳，虽然泳姿有点儿摇晃。在移动时，只需重复这个口诀：慢就是稳，稳就是快，慢就是稳，稳就是快。日复一日，他们生命中的一个个束缚，都将被逐一打破。他们的一切，包括他们自己，都是刚刚发明出来的。这就是真相，关于这点彼得罗曾经告诉过罗曼，罗曼同意这个观点，真相的确如此。

在这里待上几个星期会让你变瘦，变得脸色苍白。彼得罗在想：如果人类在太空中待的时间足够长，他们最终会变成某种两栖动物的样子吗？他现在已经在这里待了近六个月，还要再待三个月。他觉得自己正在变成一个蝌蚪，脑袋很大，几乎没有身体。随着身体的萎缩，生命对他的牵扯已不那么强烈。他感到饿了才会吃东西，但由于鼻窦堵塞，食物毫无味道；不管怎样，他并没有真正的食欲。他睡觉是因为必须睡，但他的睡眠大多是似睡似醒，不像在地球上睡得那么深，那么沉。他身体里的每个器官似乎都缺乏对生命的执着追求，仿佛他的整个身体系统都在冷却，多余的身体部件正在消失。在身体的减慢和冷却过程中，他能更清晰地感到自己思想的脉动，它们像远方的钟声一样在他的脑海中一个接一个地响起。在轨道上，他对生命的感觉则趋于更简单、更温和、更宽容。并不是说他的想法有什么不同，而是他的想法更少、更清晰了。它们不再像以前那样汹涌澎湃。它们来了，引起他的兴趣，兴趣没了，它们就离开了。就这么简单。

大约一个月后有几个晚上，他想起了妻子，心中充满激情和对痛苦的渴望。他想起了她骨感的裸体、棕褐色的线条、深色腋毛、肋骨、绑着的手腕及午睡时乳房上的汗珠。想到这些让他情思迷乱，饥渴难忍。一周后，他和内尔一起进行了太空行走。第二天晚上，内尔出现在他的梦里。在地球上的某个陌生场景，在一个窄小、墙上镶着木板的黑屋里，内尔靠在他身上，但她的声音好像很遥远。发现她在那里，让他感到很惊奇。他内心深处的喜悦在荡漾，这就像在黑暗中举行的派对——他只能听到音乐，但不知道它来自何方。他拥抱了她，吻了她的脖子，并不断地呼唤着她的名字，对她充满敬意。他醒来只记得这些，第二天吃早餐时，他几乎不敢看她一眼，非常尴尬。

这个梦后来再也没有出现过，他体内的最后一点儿情欲都消失了。他似乎明白，在这个地方性欲没有意义，于是性欲的开关被锁死了，一切都变得圣洁、恬静。

第八圈轨道

—

内尔在自由潜水时想：也许这就是宇航员的感觉。而现在，她有时会闭上眼睛想：这感觉就像潜水。身体以缓慢、悬浮的方式移动，就像在水中被水流带走。他们在飞船的迷宫结构中穿行，就像行走在一片废墟之中——狭窄的空间，舱口通往狭窄的管道，这些管道以近乎相同的模式纵横交错，你很难分清自己在哪里，是从哪里走过来的。同时，你也不知道望向窗外时，地球会出现在哪个方向。当你向窗外望去，幽闭恐惧症瞬间就会转变为广场恐惧症，或者是两种恐惧同时袭来。

她把货物袋从一个地方运到另一个地方。所有可燃物，即不运回地球的东西，都进入储藏室：食物残渣、垃圾、用过的纸巾、厕纸、湿巾、裤子、T恤、袜子、内衣、毛巾、用了数周浸透了汗水的运动服、用过的牙膏管、食物和饮料的包装小袋、剪下来的指甲和头发，所有这些东西最终都要送到下周到达的补给飞船上。飞船在两个月后将解除对接，把这些东西都倒入大气中燃烧，剩下的碎片将留在地球轨道上长期飘浮。这项工作变成了盲目的体力活儿，像是在一个三维拼图里搬运巨大的货物立方体。太空站就像一辆大篷车，这里空间太小，被东西塞得满满的，你需要用脚把垃圾用力踩下去，然后把它紧紧地捆绑好，防止它们飘走。当她在门口与安东相遇时，他们侧过身子，面对面地滑了过去，她的鼻子蹭到了他微微鼓起的肚子。

在她母亲去世前不久，她大概四五岁的时候，她随全家乘房车外出度假。和现在一样，她妈妈把行李塞进所有能容纳的地方：厨房的小柜子（层压板做的，已经开始掉皮了）、桌下的行李箱、小卧室的衣柜及顶柜（整天都在发出咔嚓声）。她妈妈在静悄悄地忙碌着，就像在搬家，而不是度假。他们确实经常搬家，有一段时间，正如她父亲后来所说的，"居无定所"（住哪里？她总是想象在某个远房亲戚或朋友家）。但他没有提到房车，如果她们曾经住在房车里，不管住多久，她肯定会记得的。

窗外光线暗淡——这是北欧特有的静谧傍晚，天空有云，云下是深浅不一的棕色。爱尔兰南岸——她丈夫的所在地——以及英国港口一侧；他们掠过海岸线，穿越欧洲中部，并向南移动。他们环绕地球的目标相当一致，就像攀爬地球上最高的雪峰，目标并非登顶，而是下定决心，砥砺前行。他们一路向南，地面的颜色也逐渐变化，棕色变淡，不再那么阴郁沉重。从山间的深绿色，到河流平原的翠绿，再到海面的茶绿，色彩层次丰富多样。尼罗河三角洲的深绿略带紫色。非洲在他们脚下呈现出抽象蜡染画的色彩：棕色变成桃色，又变成梅子的紫红色；而尼罗河则像一泓洒在地面上的宝蓝色墨水。

她丈夫说，从太空看非洲，就像看透纳[1]的晚期画作；他那些厚涂颜料的风景画几乎没什么形状可言，只有一线光芒从画面上透过。他曾对她说，如果他在她所在的地方，他会哭上一整天，他对地球

1　约瑟夫·马洛德·威廉·透纳（Joseph Mallord William Turner, 1775—1851），英国伟大的浪漫主义风景画家、水彩画家和版画家。他的画作善于捕捉光线和大气一瞬即逝的景色，他对光线及色调的兴趣超过形体，这为日后印象派画风格的形成奠定了基础。

裸露的美完全没有自制力。但他可不会到她那里去，因为他需要坚实的立足之地，也被这种需要所束缚。他从里到外都需要稳定，需要简化生活，以免被生活所淹没。他说，有些人，比如他，因感受良多，生活中常处于纠结状态。他们的内心很复杂，因此他们就会要求外在的东西越简单越好。一座房子、一片田野、几只羊就足够了。另一些人能奇迹般地简化自己的内心生活，而对于外在的东西则有无限的欲求。这些人可以把一间房子换成一艘宇宙飞船，把田野换成宇宙。虽然他本人愿意牺牲一条腿来成为后一种人，但这可不是你用一条腿能换来的——而且，假如人家已获得了对外在物质的无限权利，谁还会要他的腿？

没有人能获得无限性，她说。然后他问她是否会去火星，他知道火星之旅至少需要三年，而且她有可能一去不复返。我会去，她毫不犹豫地回答。她无法理解为什么别人会有不同的选择。我的确想去，他说。我想做一个想去火星的人，但是我可能会在路上发疯，我会是那个先垮掉的人，这会威胁到任务的完成。他们不得不为了更大的利益，把我处以安乐死。得了吧，她和善地说（虽然实际上她认为他可能是对的）。

她把今天最后一个货物袋放进气闸室，和太空服放在一起。这些太空服像幽灵一样，在那里飘浮，带着太空的原始气息。她还会再穿上其中一件去太空漫步吗？待在太空船外面真的就像自由潜水一样。有一次，她在夜晚进行自由潜水，穿过一群发光生物——就像星星在周围闪烁。你的肺里充满了空气，你的身体和水达到了平衡，融为一体。你心神宁静，注意力集中。

她和丈夫几乎每天都互发照片；他有时拍的是湖泊、山脉和血红的夕阳，有时拍的是冰柱、羊的耳朵、花朵或门柱的特写镜头，有时是海面或云朵在地上的倒影，还有一张是夜空，上面画了个圆圈，空间站曾经经过这里——照片上看不见空间站，但有文字说明：你王曾在这里。他在短信中写道，你收到这张照片时，应该已经绕地球飞行了八九圈。他说，你得承认自己有自己的苦衷，你妻子正以一万七千英里的时速在太空中飞行，你永远不可能知道她在哪里，也不知道在哪里能找到她。

作为回报，她给他发送地球、星星和月亮的照片，还有飞船上的睡眠区、机组成员、餐厅及各种功能舱的照片。还有爱尔兰的照片，那里总有部分陆地会被云遮盖；还有她在刺眼的荧光灯下的骑车照片，背景上能看到电缆、线、试验架、相机、电脑、管道、通风口、酒吧、舱口、开关、面板等。事实上，他总是知道在哪里能找到她。她的确切位置是公开的，被精确标示出来，她处于一个可以精确到毫秒的固定飞行轨道上，在十七个船舱中的一个，此外再无其他地方，除了她在太空行走那天。但即便是在那天，她也受到数百人的监视，而且有各种严格限制。

必须承认她是被困在飞船上的，而他的行踪则有点儿神秘莫测；他可能出现在任何地方。他们确定关系已六年，结婚五年。在这五年里，她接受了四年的宇航员训练；在这四年里，他们待在一起的时间加起来只有几个月，其中不到三分之一的时间，是在他去年继承的爱尔兰祖屋里度过的。他拎了一提箱东西搬了过去。因为他大部分时间都独居的话，住在那里要比住伦敦的公寓要舒服得多，因为这里有花园，空间感及自我感觉都更胜一筹。所以，他现在住在一个她完全不了解的国家。对她而言，这个国家和太空上看到的地球景象一样神秘。那是长着芦苇、泥炭藓、荆豆和吊钟花的土地，他的土地。一张他在田野上的照片，夕阳光耀把他塑成一个逆光剪影，都认不出来是他(这张照片是谁拍的？)。

127

所以她问他：到底谁更神秘莫测？他对此的回答是：他们俩同样神秘莫测，只是各有各的神秘。你的脑子里充满了各种术语的首字母缩写，我的脑子里想的都是羊会得什么病。我们同样神秘莫测。

第九圈轨道，进入第十圈轨道，上升

—

你好吗？罗曼在无线电中说。Zdraste？你好吗？你好吗？

Zdraste，你好。

真的是你吗？是太空吗？你是宇航员吗？

我是宇航员，zdraste，你好。

对不起，能重复一遍吗？

你好吗？

我是托尼。

我是罗曼。

我说我是托尼。

我听到了。

我听不见。

我是罗曼。

声音断断续续，有点儿微弱。

我是罗曼，我是宇航员。

你好吗？

我很好，你呢？我是托尼。

冲破日球层顶进入星际空间的是被称为旅行者1号和旅行者2号的两个探测器，它们像巨大的咖啡研磨机，钻入了无边的黑暗中。高增益天线、低场磁强计、高场磁强计、联氨推进器、宇宙射线探测器，它们在距离地球一百三十亿英里的地方偏航、俯仰[1]，向着永恒的宇宙进发。两个探测器在搭载电子设备的总线路上各安装了一张金色的碟片，它可被看作是一块牌匾或是一个门户，但它实际上是一张唱片，一张黑胶唱片，录入了地球的各种声音。

或许在接下来的五千亿年中的某一天，当这两个探测器完成银河系巡航一圈时，它们有可能会偶遇智慧生命。在四万年之后的某一天，当两个探测器接近一个行星系时，或许行星上的某种生命形

---

[1] 偏航指飞行器绕垂直轴旋转，控制左右方向的运动；俯仰指绕横轴旋转，控制上下方向的运动。

式会用类似于眼睛的东西通过望远镜发现探测器，在其好奇心的驱动下回收这个废弃的、燃料耗尽的老探测器，并用拟似人类手指的东西把(探测器提供的)唱针放到唱片上，放出贝多芬第五交响曲"当当当——当"的乐声。它会像雷霆一样响彻异邦，人类的音乐弥漫在银河系的边缘地带。会有查克·贝里和巴赫，斯特拉文斯基和盲人威利·约翰逊的音乐，还会有迪吉里杜管、小提琴、滑音吉他和尺八奏出的乐曲。鲸鱼的歌声将飘过小熊座星系。或许在AC+793888星球上的某个生物会听到20世纪70年代录制的羊的咩咩叫声、人的笑声、脚步声以及轻柔的亲吻声。也许他们会听到拖拉机的轰鸣声和孩子的声音。

当他们从留声机中听到鞭炮快速点燃和爆炸的录音时，他们会知道这些声音背后的脑电波吗？他们能否推断出，在四万多年前的某个未知的太阳系中，一名女性被连接到脑电图仪上，她的思想被记录了下来？他们能否知道如何从这些抽象的声音中逆向操作，将其翻译成脑电波，并且从这些脑电波中知道这位女性当时的想法？他们能否窥探到人类的内心世界？他们能否知道她是一位热恋中的年轻女子？他们能否从脑电图这种起伏中看出，她同时想到了地球和她的爱人，仿佛两者同属一个连续体？他们能否看到，尽管她试图按照自己的思想剧本致敬林肯、冰河时代、古埃及的象形文字和塑造地球的一切伟大事物，并希望将这些传达给外星人，但她的每一个想法都情不自禁地涌向情人浓密的眉毛、高傲的鼻子、双手的高超表达力、宛若鸟类的倾听方式，以及他们常常体验到的心灵"触摸"，虽从未有过身体的触摸。然后，她想到那座伟大的城市亚历山大和核裁军、地球潮汐的交响、他方正的下巴；想到他响亮精确的话语会让她觉得他所说的一切都充满顿悟和洞察力，而他看她的方式让她觉得她自己就是他所有顿悟的源泉；每当她想到他想对她做什么时，她心跳加速，体内有一股暖流在涌动；还有犹他州平原上野牛的迁徙、艺妓面无表情的脸庞，以及意识到自己在世界上找到了她本不该有幸找到的东西——两个思想和身体以惊人的力量相互碰撞，她的生活因此发生了改变，她所有的计划都化为乌有，而她的自我，还有她对性爱和命运、完整的爱情、令人惊奇的地球、他的手、他的喉咙、他裸露的后背的思考等等，都被渴望的火焰吞没了。

所有这些想法听起来都像一个脉冲星，它们构成一曲快得让人喘不过气来的打击乐。地外智慧生命发现这张金色唱片的机会微乎其微，更不用说播放它及解码脑电波的含义了。这种机会几乎为零。但无论如何，这张唱片及其录制的声音将永远徜徉在银河系中。五十亿年后，地球会消亡，而它将是一首比消逝的太阳更久远的情歌。这段声音属于一个充满爱意的大脑，它将穿过奥尔特云，穿过太阳系，躲过飞驰而来的流星，进入某个尚未诞生的恒星的引力场。

昨天，他们看见奔向月球的火箭稳稳地升上了夜空，他们看到火球发出光晕，像突然升起的太阳。他们看到火箭助推器脱落，留下高塔一般的烟柱，接着火箭就挣脱了发射时乱哄哄的局面，平静地飞向月球。

他们关注着月球宇航员的每一步行动，他们了解宇航员的感受。当然，一部分是了解，一部分是想象。他们在卡纳维拉尔角的海滩小屋醒来时会感到有几秒钟的迷失方向，接着便是拂晓，他们会坐起来，把腿从床上垂下来。从那一刻起，他们的思想会变得清晰而专注，他们去洗最后一次澡，吃最后一顿早餐，然后走出海滩小屋去看海，但话并不多。

一辆形状酷似电动鲨鱼的汽车来接他们。他们看到，高高的火箭立在发射台上，上面有三个助推器，二十七台发动机，能产生五百万磅的推力。第一次看到时，他们露出了流浪狗闻到肉味的那种陶醉及警觉的表情。他们的家人会拒绝祝他们好运，因为他们知道，运气已经不足以概括他们此刻的境遇了。他们正在执行发射前的准备程序，要听取天气简报，吃一片防太空病的药片、一片止痛药，服装技术人员待命，戴上手套，戴上3D打印制作的头盔，穿上复古的超级英雄长筒靴，检查服装是否漏气。太空舱减压后，他们必须待在一个模拟地球的尖端技术小气泡中保持防火、隔音和密封——但当记者围着他们拍照时，他们看起来像穿着价值一万美元的紧身燕尾服。你就是詹姆斯·邦德，你是冲锋队员，你是惊奇队长，你是蝙蝠女侠。去发射台，坐在有管道送风的雕塑般的斜倚座椅上，气流直达大腿。检查通信设备，检查舱门是否漏气，测试所有的继电器、环路和硬件。再测试一遍。

在海滩小屋，他们是人类，一个女人，一个男人；一个既是妻子又是母亲和女儿的女人，一个既是丈夫又是父亲和儿子的男人。他们会下意识地通过画十字，敲手指、咬嘴唇来表达他们的焦虑。但是当他们到达发射台时，他们就成了好莱坞和科幻片里的人物，成了《太空漫游》和迪士尼的角色，他们被想象，被贴上标签，准备好出发。火箭的尖顶光滑锃亮，熠熠生辉，非常壮观。天空则披上了一层光荣、可被征服的蓝色。

距地球大约八千万英里的太阳正在咆哮。太阳活动现在正朝着大约十一年来的最大强度迈进，它不断喷发，闪耀。你抬头即可看到太阳的边缘被强光撕裂，它的表面布满了瘀伤般的太阳黑子。巨大的太阳耀斑向地球发送质子风暴，随后是地磁风暴，形成了高达三百英里的光幕。

外面的环境就像一锅放射性浓汤，如果他们身上的防护罩失效，他们就会被煮熟，这一点他们心知肚明。但太阳活跃时会产生一种奇怪的效果，即太阳辐射(相对较弱且可抵抗)会将宇宙辐射(可真像一袋吐着信子的蛇)推开，从而使他们所处的"汤"温度降低。防护罩所阻挡不了的，地球的磁场会来帮他们阻挡，实验室里的放射量测定器的读数也几乎不会受到影响。太阳粒子云汹涌澎湃，太阳耀斑爆发了，将在八分钟内袭击地球。能量在搏动，爆发，形成一个不断聚变的、带着愤怒的巨大火球。在太阳的怒火之下，他们竟然被不可思议地保护了起来，仿佛太阳是一条巨龙，而他们凭借惊人运气安居于它的领地之上,并受到它的庇护。

他们现在正躲在这里避风;现在已是傍晚时分,肖恩在收集垃圾袋,罗曼在打扫俄罗斯厕所,彼得罗在打扫美国厕所,安东在清洁空气净化系统,千惠在做擦拭和消毒工作,内尔在打扫通风口,她在那里发现了一支铅笔、一个螺栓、一把螺丝刀、一些头发和一些指甲屑。

然后,出现了一种少有的散漫状态。千惠飘浮在左舷窗口,她知道空间站现在已远离日本;要再过四个小时左右他们才能再次途经日本。我母亲就在那里,她想。我母亲所有遗留物都在那里,很快就会被烧掉并消失了。他们正在掠过非洲的最西部,现在是毛里塔尼亚、马里,很快就经过尼日利亚、加蓬、安哥拉;这是他们今天第二次看到这些国家,但是今天早上是在上升轨道上,现在他们开始下降,来到非洲海岸,像那些古代的船只一样绕一大圈经过好望角。

掠过箭头般的达喀尔半岛,穿过赤道,在日落前最后几分钟里,刚果河两岸的布拉柴维尔和金沙萨的灯光在黄昏中不温不火地闪烁着。蓝色渐渐地变成了紫罗兰色,又变成了靛蓝色,最后变成了一片漆黑。夜幕降临非洲南部,那个绸缎似的色彩斑斓、浸透墨水、皱巴巴的大陆，那个像破碎的粉彩或溢出的水果盘一样，既杂乱又如此完美的大陆，她在眼前悄悄消失了；那个遍布盐滩、红色沉积平原的大陆，那个河流和山脉纵横交错的大陆，还有快速蔓延、天鹅绒般柔顺的绿色平原，都悄然隐去了。取而代之的是星光熠熠的夜空，看起来像寡妇的面纱。

罗曼和安东在俄罗斯舱内。罗曼正在找一颗从剪刀上脱落的螺丝钉，螺丝钉就在他脑袋旁边飘浮着；安东则在窗口，双腿悬空，低头往下望。下面是开普敦逐渐消失的灯光和海洋上的风暴。无论你夜晚在地球上的哪个角落，总有某个地方会闪烁着柔和、不规则的闪电，银色的电光像花一样在静静绽放，凋零。它们或在这里，或在那里，散布在地球的各个角落。

安东心不在焉地用手指摸了摸他颈部最近两周出现的一个肿块，他试图通过拉起他的马球衫领子来掩盖肿块。你最讨厌在太空中生病，他们会担心你，会把你送回家。因为你无法自己飞回去，所以还要有两个人陪你一起走。让两个人提前结束任务，这是个不可原谅的过错。因此，他不会告诉飞行医生，也不会让他的同伴知道。他希望没有人注意到他的肿块，它的大小像一颗樱桃，在他的脖子下面凹陷处，完全不疼。

他的妻子还卧病在床。他告诉孩子们，有他的保佑，他们不会有事的，仿佛他无所不能似的。他带着他们逃出黑暗，这副重担已经压在他肩上多年。可是现在连他自己都被黑暗所困扰，我们所有人莫不如此，他不知道该如何告诉他们。他也不知道该如何对他的妻子说出他原本想说的话：Zabudem, ladno? 我们都忘了吧，好吗？我们到此为止吧。我们不再相爱，为什么还要把简单的事情搞复杂了呢？当他发现身上的肿块时，这些话立刻浮现在他的脑海中。Zabudem, ladno? 在他心里，这些话随意而轻松，仿佛他只是在提议结束一场尴尬的对话。这些话说出了他几十年来内心的挣扎。他确信，这些话一旦说出，他们全都能解脱了——他、他妻子、他们的孩子——他们会逃离黑暗。而事实是，他应该帮他们逃出黑暗，但实际上没能做到。

真相是，他的婚姻缺少爱，这个真相随着一次次的感悟慢慢明朗了起来。他用望远镜看到船只在海面上留下的尾迹；看到玻利维亚的科罗拉达湖古老的湖岸，湖水是亮橙色的；看到火山爆发时硫黄染红的火山口；看到卡维尔沙漠中风化的岩石褶皱。这些景象触动了他的心灵：它们都有一道裂痕。他不知道自己的心有多宽，也不知道他为何会对这个岩石星球如此情有独钟，这种爱能让他彻夜难眠。他第一次发现自己脖子上的肿块时，他似乎意识到他和妻子彼此并不相爱，而生命很短，但很宽广。尽管他无法说出具体原因，但是所有的感悟叠加起来后，他有了一个合乎逻辑的结论。从那以后，他心里便有了一个重要的想法，并下定了决心。他回到地球时会对妻子说：Zabudem, ladno？我们分手吧，好吗？她不会感到惊讶，并会轻轻点头回答：Ladno, proekhali。好的，我们分手。这个答案很容易做出，只是他们谁都没想起来要问这个问题。他硬生生地拉起了衣领。

当内尔看到开普敦的灯光时，她想起了自己小时候去那里的光景。她对那次旅行的记忆已经模糊了，只记得自己很诡异地站在一个铺着鹅卵石的小广场上，肩上扛着一只小猴子，猴子身上拴着一条牵引绳。这个记忆真实吗？她确定肩上的猴子是真实的，她也知道自己去过开普敦，但她不知道这两件事是否有关联。

彼得罗在查看新闻，了解台风到达什么地方了；他们现在无法从轨道上看到台风，这让他感到忐忑不安。气象学家已将它归类为超级台风，他们谈到台风的迅速增强(这让所有人都措手不及)以及此类风暴发生频率的增加。他来到观测圆顶,去拍摄熠熠发光的洋面及渐盈的月亮,外面的一切都那么洁净、精细、光滑。上帝在水面上立楼阁的栋梁。他记得肖恩曾经告诉过他,这句话出自《赞美诗》中的某一篇。有时他的确会感觉这是真的:上帝楼阁上的光洒在了海面上。[1] 他拍了照片,好几百张。

他和妻子在蜜月旅行中遇到的菲律宾渔民的孩子近况如何?他们笑得那么灿烂,膝盖磨得很粗糙,但身体上的皮肤很光滑,他们身穿背心,脚踩人字拖,脚丫子脏兮兮的,说起话来跟唱歌似的,可爱的棕色眼睛很深邃,对我们这两个入侵者投来怀疑的眼光,好像他们知道,也看到了他们父母不知道(或选择忽视)的什么。父母请他们来家里吃饭,他们则让孩子们看穿着太空服的宇航员照片,还有这位身穿阿玛尼 T 恤,醉醺醺的巴斯光年[2],孩子们感到惊

1　这句的原文是: this upper chamber that pours light on the seas. 这句话是对前面提到的那行赞美诗 God lays the beams of his upper chambers on the waters(上帝在水面上立楼阁的栋梁)的借用,把其中的 beams(栋梁)一词理解为 light(光)。

2　巴斯光年(Buzz Lightyear)是 1995 年迪士尼公司和皮克斯动画工作室共同合作的《玩具总动员》中的主角之一。他是一名未来太空人,一心想要拯救地球,因此飞向宇宙。他是一位勇敢的探险家,勇于自我牺牲。

喜万分。遗憾的是，下列情形不可能逆转：无论巴斯光年还是他那高挑、香喷喷、略显身孕的妻子来自哪个宇宙，这些孩子再也看不到他们了，孩子们不可能和这两个入侵者一起坐在豪华度假村的别墅里，或与那个当时只有一天大的孩子共进晚餐，除非他们得到了某种他们永远无法偿还的慈善资助。尽管孩子们对入侵者充满不信任，但仍然热情接待了他们，还赠送了他们珍贵礼物：贝壳、一顶绿色的棒球帽(巴斯光年的妻子在那天晚上剩下的时间里都戴着它)、一只形状像驴的塑料哨子(作为孩子出生的礼物)。这些孩子现在在哪里？他们是否安然无恙？

接着便是他们今天的第十圈绕地飞行轨道的始点，从太平洋中部日出时分开始。此时，当天的实验已告完成，他们六个人都做完了最后一项任务，即对个人情况进行了详细的记录：食欲报告、情绪监测、脉搏测量、尿液采样，他们每人都抽取了血液供飞行外科医生分析。当肖恩把他们的血样试管存放到离心机时，他想，这个时代正在衰亡。他想：这艘可靠的宇宙飞船剩下的日子已经屈指可数了。当你可以到达比地球高二十五万英里的时候，为什么要把高度限制在地球上方二百五十英里的轨道上呢？而二百五十英里仅仅是个开始，那只是月球的高度。

在绕月球轨道和月球上建立居住基地,在那里停留更长的时间,为远程航行的航天器补充燃料。在不久的将来,会有男人和女人从地球轨道上弹射出去,远离他们六个人,朝火星上的红色灯塔进发。

这六个人,以及他们之前的人,都是使这一切成为可能的实验鼠。他们是标本,是研究对象,他们正在为自己的被超越铺平道路。总有一天,他们的太空之旅将不过是一次长途汽车出游,而他们亲手开启的远大前程将会证实他们自己的渺小和短暂,他们就像被监视的小鱼那样在微重力下巡游,他们培养的心肌细胞有一天将用于替换那些飞往火星的宇航员的心肌细胞,而不是他们自己的,因为他们注定要死去。他们采集血液、尿液、粪便和唾液样本,监测自己的心率、血压和睡眠模式,记录任何疼痛、不适或异常感觉,他们仅仅是数据而已,这是他们的首要属性。他们是手段,而不是目的。

这种朴素的想法暂时缓解了他们身处浩瀚太空的焦虑——一种孤独感及对离开太空的隐隐忧虑。他们的渴望、思考与信仰,他们的到来与离去,这些已远远超越了个人范畴,而是紧密关联着那四位勇敢奔月的宇航员,以及未来数十年间将在月球基地生活、工作,乃至向宇宙更深处探索的每一位男女。

更深刻地讲，这关乎的是对未来的憧憬，是许多其他世界发出的塞壬之歌[1]，是对宏大而抽象的星际生活梦想的追求，是人类挣脱地球引力束缚、追求自由与独立的壮丽篇章，更是人类不懈征服宇宙虚空的勇敢宣言。

六个人可能都做过这样的梦，也可能没有。但他们是否做过这样的梦无关宏旨，只要他们遵守规则，做好自己的本职工作即可。他们只要日复一日，高高兴兴地执行任务就好。他们测试自己的抓力；他们睡觉时，胸部受到了绑带和监视器的束缚，呼吸有些不畅；他们大脑被扫描；他们用棉签擦拭自己的喉咙；他们从布满针眼的静脉中拔出注射器。他们心甘情愿做这些事情。

1　古希腊神话中的塞壬（Siren）是海妖，以其迷人的歌声诱惑航海者，使船只触礁沉没。她的歌声被视为一种诱惑的力量，象征着对未知的探索。

第十圈轨道,下降;第十一圈轨道,上升

令人抓狂的事情

健忘

问题

每十五分钟就响一次的教堂钟声

永不开启的窗户

躺着睡不着觉

鼻子不通气

管道和过滤器里的头发

火警测试

无力感

微小但无法忽视的问题

在俄罗斯舱段里，有一个充气地球仪飘浮在桌子上方；墙上挂着乌拉尔山脉及宇航员阿列克谢·列昂诺夫和谢尔盖·克里卡列夫的照片；桌子上乱七八糟地摆放着用维可牢尼龙搭扣匆忙固定的工具，一个插在空金枪鱼罐头里的叉子，还有罗曼的业余无线电装置。经过二十五年多和大约十五万次的绕地轨道运行后，该舱段正在变得老旧，嘎吱作响，变得不太适合飞行了。在航天器的外壳上，出现了一道裂缝。虽然细小，但令人担忧。

这里没有炫目的资本主义太空梦；不，这里只有灰色的、实用主义的笨重感，是稳固工程和讲究实际的天才殿堂。这是后苏联时代的时间胶囊，是逝去世纪的最后回响。有人试图在这里营造一个家的氛围，宣称这是地板，这是天花板，这是正确的方向，以此来对抗其他舱段中占据主导地位的太空空间感，在那里，上下左右的概念都已消失。但他们营造温馨氛围的努力是徒劳的，因为贴满魔术贴的墙、数公里长的电缆和平直、刺眼的灯光并不温馨，最终它既不具有太空时代的特色，也不具有家庭的温馨——更像地下掩体。尽管如此，他们还是对它充满了深厚感情——因为它至少曾经努力营造过舒适感，只是没有成功。

今晚，他们六个人聚在一起吃饭，罗曼和安东从他们的储藏室里拿出食物——酸菜汤、罗宋汤和鱼菜汤、罐头鱼、橄榄、奶酪和干面包块。

彼得罗说：我们是不是今天早上才说要让这个地方看起来像农舍？是两分钟前说的，还是五年前说的？我有点儿分不清了。都是台风闹的，他说。台风就像某种古老的野兽，就在我们下面肆虐。

安东本能地从观察窗向外望，但窗外看不到台风。他不清楚他们身在何处，眼前只有海洋及蓝色、银色的夜空。当他看到左舷出现一丝光亮时，才推断出那是塔斯马尼亚，并意识到他们就要朝新西兰下方黑茫茫的海域驶去。航天器机械臂的剪影从他眼前斜切过来。

内尔带来了一包她丈夫在上次补给船中送给她的巧克力涂层的蜂巢糖[1]，因为她渴望吃到一些松脆，且不能用勺子舀起来的食物；他给她寄了三包，她一直一小块一小块地吃着，享受它带来的快乐几乎超过了吃完后留下的遗憾。她把剩下的都分给了其

---

[1] 蜂巢糖是由糖、蜂蜜和小苏打制成的，在加热过程中会膨胀，形成一种脆而轻的结构。

他乘员；她觉得这种吝啬的囤积毫无意义。他们都在回忆想念的东西——新鲜甜甜圈、鲜奶油、烤土豆，以及他们孩提时代的糖果。

我清楚地记得小时候去糖果店的情景，千惠说。我们放学后总是一起去，那简直就像是另一个世界——你一走进去，就会看到一个大柜台，上面摆满了糖果，天花板上和墙上也都挂满了糖果，空气中弥漫着糖果味。如果待的时间足够长，你会感到晕乎乎的。通常，我们进去会要混合糖果——一点儿水果糖、一点儿胡萝卜糖，再来点儿模仿香烟形状的糖。

我们会买十便士的混合糖果，内尔说。如果你仔细挑选的话，你还可以买到可以吮吸的糖果，可以嘬上一整天。

小牛糖！安东想起他儿时的梦，大声叫道。罗曼应声说：小牛糖！

彼得罗问罗曼：是我们上次在你家吃的那种吗？你老婆把它们和咖啡一起拿出来的。

罗曼点头确认：是的，是小牛牌糖果。

哦，那些是炼乳糖果，肖恩说。

我喜欢这种糖果，彼得罗说。它是最令人惬意的甜点。

罗曼，这并不是对你妻子烹饪的冒犯。

那就是对罗曼妻子烹饪的冒犯，内尔说。

这是敲诈的借口，千惠小声说。

你不觉得俄罗斯人对炼乳过于痴迷吗？肖恩说。他现在已经飘到他们的上方了，他喜欢这样，他在那儿剔牙，剔除后牙缝里塞着的蜂蜜脆片。

罗曼说：你们美国的问题就是，没有在食品中加上足够的炼乳。实际上，这是全世界其他地方的通病。

彼得罗做了一个漂亮的前空翻，来到冰箱旁边。我小时候吃佳乐锭，一种十全十美的奶糖，他说道。

千惠从口袋里掏出纸巾擦了擦嘴，说日本现在几乎没有糖果店了，它们有些成了博物馆。现在到处都是便利店。

内尔把一块蜂巢糖从一只手的掌心抛到另一只手的掌心，并看着它像羽毛球一样在空中滑翔；安东用叉子来回刮着最后一点儿罐装鱼，他刮得太认真了，仿佛罐头里有什么别人看不见的深度或复杂性似的。肖恩仍飘在他们的上方，他现在像在水面上仰泳那样漂浮，看着自己的手。最近他的手柔软得跟孩子的一样，柔软得像法兰绒。

六个人几乎没有感觉到飞船为了避开某些东西而改变航向时的轻微顿挫,它躲避的无疑是太空碎片,推进器短暂发力使他们缓缓后退。

千惠突然说,我的家人提出等我回家后再举行葬礼,但我不想那样。所以,葬礼将在明天举行。

她说她日后会去海边的四国花园撒骨灰。然后她说,我无法停止想家,想起安息在乐园里的父母。

肖恩从墙上的纸巾盒里抽出一张纸巾递给她,尽管她没有哭。当她接过来时,她显得很冷静,好像她没有注意到他递过来。"家"这个词萦绕在他们耳旁。她把用筷子夹起的橄榄放回了袋子里。然后她把筷子固定在桌子上,开始回忆她和她母亲在四国爬山的情形。她用手臂比画出山的巨大,然后她还握着的纸巾变成了一面飘扬的旗帜。她说,她母亲比她先到达山顶,她在狂风中兴奋地举起了手,大喊:小千惠!小千惠!我在这里,我在上面!这是她对成年后的母亲最幸福的记忆。那时她母亲很强壮,而且笑容满面。那是我感到她最爱我、最有安全感的时候,千惠说。当时她冲我喊"小千惠!我在这里!"的场景,至今难忘。

她安静下来后把纸巾塞进口袋。在他们一起工作的几个月里,她也许从来没有像现在这样谈过自己——在之前的几年训练中也没有谈起过。

他们都有点儿孤独和内向,千惠比他们任何人都更甚。安东哭了,他的四滴眼泪从眼睛里飘出,他和千惠用手掌将泪珠接住。他们不能让液体在这里乱飞,他们很小心。

你听到我说话了吗?罗曼说。

我听到了,那个声音回答道。

那就好。我是罗曼。

你好,罗曼。我是特蕾泽。

他答道:特蕾泽,我是俄罗斯航天员。

哇!你英语怎么样?我的俄语可不太好。

别担心,每个人的俄语都不太好。

我刚出了温哥华。

那很好,我很久以前去过温哥华。

但我还从没去过太空。

我想你肯定没来过。

你知道的,我并不想去。

在轨道上飞离这个区域后,信号就会中断,我们只有六七分钟的时间,你有什么想问的吗?

嗯,罗曼,我确实有。

问吧,我等着呢。

你有时候会不会感到——会不会感到沮丧?

沮丧?

是的。你有过沮丧的时候吗?

我不知道这个词是什么意思,它指什么?

它是什么意思?它的意思是,你有没有想过这一切的意义是什么?

在太空的意义吗?

是的。你想过吗?你有没有在太空睡觉时想过为什么?会让你感到疑惑吗?或者当你在太空刷牙的时候,会问为什么吗?有一次,我在长途飞行中到洗手间刷牙,我看着窗外,突然想,我的牙齿有什么用?不是不好的意思,只是让我突然停下来想,我刷牙的意义是什么?这让我当场停下来了。你能理解我吗?我说话太快了吗?

我能理解。

现在有时候,当我去睡觉的时候,我也有同样的感觉。我拉开被子,想起那次在飞机上的经历,我就泄气了。我垂下肩膀,感到沮丧。我感到难过。但我不知道为什么会这样。

"沮丧"的意思是——也许是压抑吧?

它的意思可能是失望、气馁。是的,就像精神被抽离身体一样。

你想知道我是否有这种感觉吗?

因为我看过你们在太空睡觉的照片,那只是挂在小电话亭里的睡袋,看起来很不舒服。所以——这很荒谬,如果你不介意我这么说的。我想知道,你是否在付出所有努力后到达那里——因为我知道这需要努力——然后看着这一切,心想,就这样了吗?这是不是显得有点儿虎头蛇尾呢?你知道我的意思吗?

荒谬。

我冒犯到你了。

不,不。我在思考。

对不起。

特蕾泽,我要告诉你一些关于我们睡袋的事儿。它们确实是悬着的,我们大多数人甚至都不用橡皮绳把它们固定在墙上,就这么随意挂着,随着我们四处移动,这真的很舒服。但我记得来到这里的第一晚,我看到我的睡袋时,怎么说呢?乍一看去会感到沮丧,想到这就是你要睡好几个月的床,你可能会感到沮丧。但随后你会发现一样东西,会让你会心地微笑。我发现睡袋并不是悬挂着的。你知道,它不仅仅是悬挂着的,这里没有重力让它变得沉重……

没有活力，或软塌塌的。

嗯，就是这种感觉。你知道吗？睡袋是自己鼓起来的，就像船帆在风中鼓起。你知道，只要保持在轨道上，你就会没事，你一次也不会感到沮丧。你可能会想家，可能会筋疲力尽，可能会觉得自己像笼中之鸟，可能会感到孤独，但你永远不会，永远不会感到沮丧。

哦，就像精神注入了身体，而不是离开身体。就像万物都充满活力是吗？仿佛你的睡袋也有生命力一样。

我想，是的，完全正确。

我听不清你在说什么了。

糟糕。

真希望现在是晚上，我可以抬头看到你们的灯光从头顶掠过。

无论如何，我们现在正从那里经过。

我丈夫去世了，我在用他的无线电——

对不起，特蕾泽，信号越来越弱了。

他是在夏天去世的。

对不起，特蕾泽——

喂，你在吗？喂？

亲爱的，我想你，肖恩写道。

《宫娥》明信片背面有他妻子的笔迹，她用左手写的字斜向后面，棱角分明，带着男性气质。这就是思念。然而，假如今天有人给他提供回家的机会，他绝对不会接受，再过几个月就到了该回去的时候，他也希望能多待一些时间。这是一种陶醉；也是让人在太空感到恐高和思乡的毒药。既不想待在这里，又想待在这里。渴望将心掏空，但这绝不是空虚，更多的是知道自己有空间可以被填满。从轨道上看到的景象就是这样；它们让你像一只鼓鼓的风筝，由你所有不具备的东西赋予你形状和高度。

他让明信片在他的笔记本电脑上方缓缓飘落，像芭蕾舞者一样轻盈地来回舞动。在回复电子邮件时，他需要回答一个问题，是一篇关于即将发生的登月事件的社论提出的问题；他们请了一位女演员、一位物理学家、一名学生、一位艺术家、一名作家、一位生物学家、一名出租车司机、一名护士、一名金融家、一名发明家、一名电影制作人以及一位宇航员——也就是他——来回答下面这个问题：在这个太空旅行的新时代，我们该如何书写人类的未来？

人类的未来，他知道吗？他认为出租车司机可能比他更了解这个问题。多年来，他觉得自己的思维已经被磨砺到只有一个焦点，通过这个焦点，他能够清晰地看到接下来的几个时刻的事情，他被训练成不去思考太多的其他事情。

你和另外四个人在洞穴中共度一周，食物稀少，但要爬行数小时，穿过仅仅比你的身体稍大一点儿的裂缝时，当你被考验能忍受多大的束缚，并目睹最坚强的人也出现恐慌时，你学会了不去考虑半小时以后的事情，更甭提所谓未来的事情了。当你穿上宇航服，努力让自己逐渐习惯身体移动困难、皮肤磨得生疼、持续数小时无法消除的刺痒、和他人失去联系、被埋在一个无法逃脱的空间里及躺在棺材里的感觉时，你只会想到下一口气。你必须浅浅地呼吸，以免消耗太多氧气，但也不能太浅。你甚至会觉得下一口气已无关紧要，只关心现在这口气。当你看到月亮或粉红色的火星时，你不会想到人类的未来，只会想到你自己，或你认识的人，是否有去那里的实际可能性。你会想到自己自私、固执及厚颜无耻的人性，你自己挤开了成千上万的人来到发射台，因为除了决心和信念的推动之外，还有什么能让你比其他人更有优势呢？这种决心和信念能摧毁阻挡自己前进道路上的一切障碍。

在这个新的太空旅行时代，我们该如何书写人类的未来?

人类的未来已经被写好了,他想。

也许在太空探索中,从未有过如此激动人心和关键的时刻,他开始写道。

当他看到彼得罗经过,准备进入他对面的房间时,他对彼得罗说:彼得罗,在这个新的太空旅行时代,我们该如何书写人类的未来?

在风扇的噪声中,彼得罗眯着眼睛,捂住了耳朵。

声音大了点儿:这个新的太空旅行时代,我们该如何书写人类的未来?

人类的未来吗?彼得罗问。

是的。我们该如何书写它?

我猜,用亿万富翁的镀金笔来书写。

肖恩笑了。

有人给你寄明信片了吗?彼得罗开玩笑地说。他来到肖恩所在的太空舱门口,朝飘浮的《宫娥》明信片点头。

我老婆十五年前寄给我的,他说。

彼得罗点点头。肖恩抓起飘浮中的明信片,递给他。

读背面,肖恩说。

我可不能读——

不，请你读。

他的妻子在明信片的背面写道：画的主题是什么？谁在看谁？画家看国王和王后；国王和王后在镜子里看自己；观众看镜子里的国王和王后；观众看画家；画家看观众，观众看公主，观众看侍女？欢迎来到人生的镜像迷宫。

你老婆总是这么唠叨吗？彼得罗问道。

肖恩回答说：是的，不屈不挠。

彼得罗盯着画看了一会儿，又看了一会儿，然后说：是那只狗。

什么？

回答你妻子的问题，这幅画的主题是那只狗。

彼得罗把明信片还给他，并伸手拍了拍肖恩瘦削的肩膀，然后便溜之大吉。肖恩的眼睛盯着画面前景中的这只狗。他以前从未正眼看过它，但现在他除了它什么都不看。这只狗闭着眼睛，在这幅描绘凝视和注视的画中，狗是画面中唯一没有看向任何特定方向、任何人或任何东西的活物。他现在才注意到，这只狗有多么高大、多么漂亮、多么引人注目——尽管它在打盹，但这种打盹完全没有表现出萎靡或愚钝的神情。它的爪子朝外伸展，头部挺立，傲视群雄。

他心想,这么精心安排和充满象征意义的场景,绝不可能是一种巧合。他突然觉得彼得罗是对的,他理解了这幅画,或者他的评论让肖恩看到了一幅与他之前看到的完全不同的画。现在,他看到的不是画家、公主、侏儒或君主,他看到的是一幅狗的肖像画。一只被举止怪异的人类所包围的动物,他们的袖口、花边、丝绸,他们的惺惺作态、镜子、角度和视角非常怪异,他们试图摆脱动物身份的所有做法是多么的滑稽!现在他看到人类的所作所为的荒唐可笑。而这只狗是画中唯一不可笑,或唯一没有陷入虚荣陷阱的生物,它是画中唯一可以称为拥有自由灵魂的生灵。

第十一圈轨道，下降

一

一切，一切都在变动，一切都转瞬即逝。

肖恩就是这么想的。当他把明信片放回袋子时，不禁觉得自己仿佛在嘲笑前面那个宏大的问题：我们该如何书写人类的未来？我们没有书写未来，是未来在书写我们。我们就像风中飘摇的落叶，但却误以为我们是风，殊不知我们只不过是随风起舞的叶子。这令人感到奇怪和讽刺：我们人类所做的一切努力，似乎都在不经意间证明我们更像动物。我们难道不是这个星球最没有安全感的物种吗？我们无时无刻不在审视自己，试图找到我们与众不同的特质：我们是伟大的、有创造力的、好奇的生物，是探索太空、改变未来的先驱。但实际上，人类做到的，而其他动物难以企及的唯一创举，就是学会了用火，这是人类与动物的唯一区别。诚然，它改变了一切，但即便如此，这也没什么了不起的。我们只是先行一步，早于其他物种掌握燧石起火。如果黑猩猩认真观察并跟我们学的话，它们也能掌握这一技能。你会很快就会看到它们围坐在火堆旁，看到它们迁移到更寒冷的地方，并开始烹饪食物，这可真没想到啊。

他为月球宇航员，为悲痛的千惠及受台风影响的灾民祈祷。他想起了在老挝自然保护区听到长臂猿领地的晨间二重唱，那是一首在森林间回荡的、萦绕于耳的循环曲。每当他想到他们六个人在这里，或者想到现在正前往月球的宇航员，他都能听到那萦绕于耳的叫唤声——我们进入太空时也这么叫唤：通过扩大领地来宣示我们物种的主权。太空是我们剩下的唯一荒野，我们冒险进入的太阳系只是我们发现的新边界，地球上的边界早已被掠夺完了，不复存在。他认为，人类所有的太空探索在本质上都是一种动物迁徙和求生的本能，是一首向外界发出的循环曲，一首宣示领地的动物之歌。

他闭上眼睛就能听到长臂猿的叫声在回荡，看到画中那只独享尊严的狗狗。他在想象自己把手放在马温暖的脖子上,去感受它光滑、油亮的皮毛,尽管他一生中从未碰过马。一只松鸦在他家后院树林间疾飞,一只蜘蛛敏捷地躲进掩体,一条鲈鱼在水里穿过,留下一道影子,一只鸲鹟用嘴叼着幼崽,一只兔子蹦得老高,一只屎壳郎靠星星导航在踽踽独行。

他突然觉得,随便选取地球上任何一种生物,它的故事就是地球的故事。这个生物能告诉你一切,告诉你整个世界的历史及世界可能的未来。

当千惠今晚像往常一样检查老鼠时,她在监视器上看到了奇迹的发生:这些老鼠在笼子里盘旋飞翔,它们花了一个星期的时间,学会了如何在飞行中躲避笼子里的网格,它们找到了在太空的立足方式,学会了在微重力环境中飘移身体。现在,它们到底是高兴还是疯狂?它们像小飞毯一样绕着鞋盒大小的模块盘旋,它们肯定高兴啊,看上去挺快乐的。她本来没必要去打扰它们,但还是走过去把它们从模块里拿出来,捧在手里。

就在那时,一阵悲痛向她袭来,不是刺痛或受重击的感觉,而是某种隐秘而令人窒息的感觉。她紧紧抓住扶手，喘着粗气。空间站内部是一台嗡嗡作响的机器，她就生活在时钟的运转中，时间仿佛穿过她的骨头在慢慢流逝。她妈妈穿着蓝白条纹上衣，整洁的 A 字形裙子及登山靴站在那座山顶上，这种打扮让人感觉她一下子跨了好几个年龄段，她仿佛同时是少女、年轻的母亲和老婆婆，她用甜美而深沉的声音在呼唤着。

千惠松开抓手，蜷缩成一团，就这样悬浮着。她妈妈的葬礼就选在登月日，她叹了口气，她可能发出了一种奇怪的声音，但她自己没听到，太空舱的噪声太大了。一旦你掌握了飘浮技巧，你就可以非常平稳地悬在空中，不会翻转。她就是这样悬在那里，膝盖顶着下巴，在太空舱的一端缓缓漂移到另一端，直到轻轻撞到舱口。然后她又弹回太空舱的中央。

外面，大西洋中部的夜幕骤然降临，地球隐去了。

有时，你似乎只能把腿蜷在胸前，在空中翻筋斗。肖恩在他住处外面三立方米的空间里。内尔和彼得罗在实验室里看一部电影。罗曼和安东在俄罗斯舱段玩扑克，他们用固定卡片的磁盘来作筹码。

千惠在试验架上，那里的小鼠还在飞翔。她张着双臂，把自己倒挂在上方。

手臂张开，向前向后翻筋斗，让你回想起自己失重的奇迹；还记得你初来乍到时，对失重感到困惑，因为你的身体总趋向于判断上下方向，但没有得到任何线索。它一直渴望有阻力，但不存在任何它可以抵抗的阻力。

当他们来到这里时，他们会经历数小时或数日的太空病。他们会不断地撞到东西。他们向前推进时不是太快就是太突然；感到恶心时，他们便在休息室悬挂着，蒙住双眼，并让自己的大脑认为自己是躺着的。不久之后，他们的身体似乎接受了这种变化，这种接受维持了身体的和平。他们敢做翻筋斗的动作了，然后他们的思维也跟上了：他们在窗前悬浮，看着地球日夜更替之间的各种景色，获得一个前所未有的领悟：即他们正在坠落。他们之所以没有重量，并不是因为缺乏重力——这里离地球很近，重力还有不少影响——而是因为他们处于持续的自由落体的状态。他们不是在飞，而是在坠落，以每小时一万七千英里的速度坠落。当然，他们永远不会坠毁；他们可以看到以前只在理论上存在的现象，即地球以飞船这一自由落体相同的速度在弯曲并避开飞船,这样两者就永远不会相撞。这是一场猫捉老鼠的游戏。他们就在里面,他们的失重感就像坐过山车俯冲时的瞬间失重一样。他们在持续的坠落状态中工作、跑步、睡觉、吃饭。

他们在里面向前,向后翻筋斗,因为当你一直朝着地球坠落时,有时这是你唯一可以做的事情。

第十二圈轨道

他们在一部俄罗斯电影视频前面飘浮着,电影是关于两名宇航员的,他们在重返地球时被外星人劫持了。他们在互相传递着一包薄荷糖,电影将近尾声时,他们六个人都在那里悬着,手臂伸直在头顶上,脑袋在上下浮动;他们看起来睡着了,而且睡得很安详。

彼得罗脸上带着一丝微笑,他头发浓密,像个小男孩,脸上总挂着自信乐观的表情。内尔的脸颊泛红,双唇抿紧,仿佛还在咂摸薄荷糖的余味。罗曼,浓重的眉毛呈现一种深沉、目标坚定、让人不忍打搅的满足感。肖恩,不知为何看上去有些要被甩出去的感觉，他的手臂伸得比别人宽，头向后仰。千惠的双手从看似容易折断的手腕中垂下，眉眼间透出一丝警觉，马尾辫一如既往地高高挽起，她在睡梦中给人一种奇怪的蓄势待发的感觉。安东看上去很高兴，好像他刚刚给了他的孩子们一件他们非常想要的东西，他的手在飘浮着，拳头半握，拇指根部的肌肉在微微抽动。

电影高潮到来时，声音越来越大，暴力的重击声和刺耳的音乐——但他们对这里的噪声很习惯，没人醒来。

第十三圈轨道

在宇宙与生命的日历中,我们将宇宙大爆炸设定在1月1日,即大约一百四十亿年前。那时,一个充满能量及具有宇宙级密度的能量点以超光速爆发,膨胀,温度高达一千万亿摄氏度。大爆炸创造出了空间,之前既没有空间,也没有物质,什么都没有。接近1月底,第一批星系诞生了。原子在宇宙的喧嚣中移动了近一整个月,也就是十亿年,直到它们开始聚集在我们现在称之为恒星的氢氦熔炉中,发出爆炸级的亮度,而这些恒星又聚集在一起,形成了星系。3月16日,大约二十亿年后,这些星系之一的银河系形成了。接着是长达六十亿年的夏日，这期间，混乱变成了常态。直到 8 月底，一颗超新星的冲击波可能引发了缓慢旋转的太阳星云的坍缩。谁知道呢？但无论如何，太阳星云确实坍缩了，在其凝聚的中心，形成了一颗被我们称为太阳的恒星。在太阳周围形成了一个行星盘，这里岩石和气体汇聚在一起，它们像狂野西部枪战一样发生了碰撞、冲突、爆炸，物质与重力不顾一切地搏斗，这一切就发生在 8 月。

四天后，地球诞生了；又过了一天，月亮形成了。

9 月 14 日，(有人认为) 大约四十亿年前，某种生命出现了，它们是一些勇敢无畏的单细胞生物，不请自来地出现在这个世界上，对自己即将带来的神圣混乱一无所知。两周后，9 月 30 日，一些细菌学会了吸收红外线并产生硫酸盐。又过一个月，它们完成了所有壮举中最伟大的一项：吸收可见光并产生氧气，即我们可以呼吸、生存、滋养肺部的空气，尽管地球的大气在很长一段时间内仍无法呼吸。12 月 5 日，多细胞生命出现了，红色、棕色，最后是绿色藻类，在阳光照耀下的浅水中，在无边无际的荧光中，它们繁殖着。12 月 20 日，植物找到了通往陆地的途径：地衣和苔藓虽然没有根也没有茎，但却开始在陆地上蔓延。紧随其后，即仅仅几千年后，就出现了维管植物，如草、蕨类、仙人掌和树木。地球的土壤现在被树根穿透，被水渗透，水分很快被掠夺光，但云层又马上给予补充，形成生长、腐烂、再生长的循环系统，植物之间为了争夺水分和光照、高度、宽度、绿色和色彩而竞相争抢，互相挤压。

圣诞节这天，虽然耶稣尚未诞生，就在二十三亿年前，恐龙迎来了它们灭绝前持续五天的辉煌，然后一场灾难性的灭绝事件将它们一扫而光，或者至少是那些陆生恐龙——那些步履蹒跚、奔跑跳跃、啃食树木的恐龙，它们的灭绝留下了空缺：紧急招募陆生生命形态，速来申请。谁将是最佳应聘者？还有谁能比某种哺乳类动物更合适？不久前他们刚刚进化到最善于捕捉机会、最狡猾的形态，他们在元旦前一天午后的短暂时间里，进化成了点火者、石器使用者、冶铁者、耕田者、神祇崇拜者、计时者、航海者、穿鞋者、粮食交易者、陆地发现者、制度策划者、作曲者、歌曲演唱者、画家、书籍装订者、数学运算者、弓箭手、原子观察者、身体装饰者、药丸吞食者、吹毛求疵者、挠头者、心智主人、心智丧失者、万物捕食者、与死神争辩者、爱好极端者、极端的爱者、被爱迷惑者、爱的缺失者、渴望爱者、怀揣渴望者、双足行走者、人类。佛祖在午夜前六秒降临，半秒后印度教神祇诞生，再过半秒基督降临，而随后一秒半，伊斯兰教真主安拉驾到。

在宇宙纪年结束前的最后一秒，出现了工业化、法西斯主义、内燃机、奥古斯托·皮诺切特、尼古拉·特斯拉、弗里达·卡洛、马拉拉·优素福·扎伊、亚历山大·汉密尔顿、维夫·理查兹、"幸运儿"卢西安诺、阿达·洛夫莱斯、

众筹、原子裂变、冥王星、超现实主义、塑料、爱因斯坦、

乔伊娜、"坐牛"、碧雅翠丝·波特、英迪拉·甘地、尼尔斯·玻尔，卡拉米蒂·简、鲍勃·迪伦

随机存取存储器、足球、水刷石、解除好友、日俄战争、可可·香奈儿、

抗生素、哈利法塔、比莉·霍利戴、果尔达·梅厄、伊戈尔·斯特拉文斯基、比萨、

保温瓶，古巴导弹危机、

三十三届夏季奥运会和二十四届冬季奥运会、

葛饰北斋、巴沙尔·阿萨德、Lady Gaga、埃里克·萨蒂、穆罕默德·阿里、深层国家、两次世界大战、

飞行、

网络空间、钢、晶体管收音机、
科索沃、茶包、W. B. 叶芝、
暗物质、牛仔裤、股票交易所、阿拉伯之春、
弗吉尼亚·伍尔夫、阿尔贝托·贾科梅蒂、
　　尤塞恩·博尔特、约翰尼·卡什、避孕、
　　冷冻食品、
　　弹簧床垫、
　　希格斯玻色子、
　　移动图像、
　　国际象棋。

当然，宇宙并不会在午夜钟声敲响时终结。时间一如既往冷漠无情地流逝，将我们所有人吞没，对我们的生存欲望不屑一顾。时间在射杀我们，一眨眼工夫数千年就过去了，地球上的生物将变成结合外骨骼、机械神经、长生不死、超越自我的存在，能够驾驭某颗不幸恒星的能量，并将其吸光耗尽。

如果宇宙日历代表全部时间，则其中大部分时间尚未发生，那么在接下来的两个月里，地球这块清凉的球体可能会遭遇无数变故。而从生命的角度来看，这些变故均不乐观——一颗流浪的恒星可能会将整个太阳系及地球撞出轨道，一颗陨石的撞击可能会导致物种大灭绝，地球轴倾斜角度可能会增

171

加，轨道的弯曲和飘移最终可能会使某些行星被甩出。在所有这些事件中，大约再过四个月，即五十亿年，太阳将耗尽其燃料，膨胀成红巨星，将水星和金星吞噬掉。如果地球还能够幸存的话，它也将被烧焦，河流和海洋的水全部蒸发，变为一堆灰烬，继续运行在太阳这颗垂死的白矮星（接着会变成黑矮星）轨道上，直到轨道衰退，太阳将我们吞噬，这场表演才会最终落幕。

这只是某个小角落里的一幕；一场小冲突，一出小戏剧。我们身处一个充满碰撞和飘移的宇宙，处于第一次大爆炸后宇宙破裂带来的漫长而缓慢的涟漪之中；离我们最近的星系在相互撞击，幸存的星系彼此散开并逃离，直到每个星系都独自存在。只剩下空间了，星系自己在膨胀，虚空自我生成。在宇宙日历中，如果它真的存在的话，人类曾做过的一切及人类的整个历史都只是一闪而过，人类在一年的某一天中闪烁了一下，不可能被记住。

我们现在正处于生命和认知的短暂绽放之中，处于一瞬间疯狂的生命繁荣之中，仅此而已。这夏日的生命爆发，与其说是花蕾的绽放，不如说是炸弹爆炸。这些多产的时代正在迅速流逝。

太晚了，太晚了，六名乘员从电影结束后的睡眠中醒来，感到困惑。现在是白天还是黑夜？宇航员到达月球了吗？我们处于哪个十年，哪个世纪？

我们现在存在于一个短暂的生命和知识的绽放中，一个疯狂的存在瞬间，就是这样。这个夏天的生命的爆发比花蕾更像炸弹。这些丰饶的光景正在快速流逝。

现在是凌晨一点三十分，已经过了严格规定的就寝时间好几个小时了。他们半开玩笑地想，幸运的是，任务控制中心晚上会关闭监控摄像头，否则我们都会挨骂。

在这半梦半醒的迷糊中，一种生活的陌生感突然向他们袭来。他们在太空舱的中间围成一圈，面面相觑，仿佛久别重逢。无须言语，无须理由，他们向前靠拢，紧紧相拥，十二条手臂交叉在一起。Buona notte[1], o-yasumi[2], spakoynay nochee[3], 做个好梦，晚安。大家又把手臂绕到身旁的肩膀上，互相揉着头发。然后，他们倒退着分开。只需朝舱外瞥一眼，就可以看到阳光明媚的佛罗里达州。他们各自回到房间，在空间站低沉的轰鸣声中再次入睡。

---

1 意大利语，意为"晚安"。
2 日语，意为"晚安"。
3 俄语，意为"晚安"。

第十四圈轨道，上升

一

台风悄无声息地登陆了。从他们所在的有利位置望去，太阳能板在夜幕中泛着铜色。印度洋的夜色悄悄退去，取而代之的是翻滚的云层，台风成了月光下一层厚厚的白色云团。他们的空间站继续向东北方向移动，穿过马来西亚、印度尼西亚、菲律宾，但这些岛屿都已远去。

这里没有人起来看台风，现在是凌晨两点多，太空舱里一片漆黑，只有嗡嗡的响声。透过巨大的圆顶窗，只能看到一望无际的台风，没有任何景色可言。这是台风旋臂的最东端，周围数百英里的云层都在翻腾滚动。任何人看到这颗旋转的地球都会感到眩晕。

云层下的人看到一辆汽车的车门沿街翻滚,后面跟着一块皱巴巴的铁皮。他们看到一棵树被连根拔起,撞向旁边的长椅,长椅又撞向自行车,自行车又撞向路对面被吹倒的广告牌。他们看到五十个孩子蜷缩在课桌筑成的障碍物后面,他们的学校已被吹得七零八落。他们看到暴雨带来的洪水在陆地上长驱直入。他们看到某人的狗被两米深的泥泞和夹杂着各种杂物的洪水冲下街道,狗的主人紧随其后,他们看到了一把雨伞、一辆婴儿车、一本书、一个橱柜、死鸟、防水布、一辆货车、许多鞋子、椰子树、一扇门、一具女尸、一把椅子、屋顶的木梁、十字架上的耶稣、一面旗帜、无数的瓶子、一个方向盘、衣物、猫、门框、碗、路标,等等。他们看到海水淹没了整个城镇。机场坍塌了,飞机倾覆了,桥梁断了。

地球右肩上的第一道银色裂痕预示着黎明即将来临,随着轨道向北推进,云层逐渐散开,台风在身后歇息了。在地球曲面上,台湾和香港的灯光正朝他们靠近,看起来像火焰在燃烧。大气层周围的空气辉光呈霓虹绿色,并逐渐褪变成橙色。

在千惠的梦境里,她母亲还活着;她们如释重负，充满宽慰和欣喜。她的眼前是日本的景象，东亚的美景纷至沓来。如果她现在醒来，她几乎看不到外面的台风，她只会看到美丽星球在向她展现她童年去过的地方。这时正是地面夜晚的最后时光，大地已披上了一层金色晨晖。

第十四圈轨道，下降

期待的事情

梅子

饭团

滑雪

砰的一声愤怒甩门

脚痛

煎蛋

蛙叫

对一件厚实冬季大衣的需求

天气

千惠还是个孩子时，每当她感到烦躁或焦虑，她就会列一个清单。她曾经历过一段莫名的愤怒期，她写下她想要摆脱的所有人的名字，以及她希望他们死的所有方式。她知道亲自杀死他们是不对的，所以他们都不可避免的意外死亡。当愤怒平息后，清单上的内容变了，但列清单的行为并没有停止。她的父母认为这是她控制情绪的方式，从未阻止她，也几乎不发表评论。在她的一生中，遇到困难时总会有清单出现。她自己则几乎完全没有意识到自己在写清单，它们就像咬指甲或咬牙一样，给她带来了一种反射性的安慰。在她睡觉的时候，这些清单就在她身旁的挂钩上轻轻摇曳。有一次，当她大约八岁的时候，她列了一份不寻常事情清单，其中一项是女飞行员。她问父母和老师，日本有多少女飞行员，结果答案是：一个都没有，至少在军事飞行员里一个都没有。于是，一颗种子便在她坚定、有条理、无畏、清晰的大脑里生根发芽。

当安东六七岁大的时候，他和许多孩子一样，用洗洁精空瓶和铝箔纸做了一个宇宙飞船模型，而他的宇航员是用木头做成，用棉花包裹起来，几乎每天都进行太空漫步。他们永远都穿着太空行走服，衣服又白又蓬松，几乎看不到四肢。他们一醒来就迅速从舱口跳出来，就像从床上滑下来一样容易。他的父亲向他展示，如果他坐在暗室里打开手电筒，通常可以看到闪闪发光的尘埃微粒；他的宇航员进入这些尘埃中，他用拇指和食指轻轻地夹住宇航员，让他们飘浮在尘埃中，就飘浮在星星之间一样。而这很快成了太空行走的目的——记录一个越来越深的星域。

在梦中，内尔正和肖恩一起游泳，寻找挑战者号上的宇航员。但梦中的内尔是个孩子，至少梦里是这样；她看上去并不像孩子，而是像她自己，但因为她本身就有些精灵般的气质，所以梦境很容易就将孩子和成年人的形象相互调换；他们正在潜水。内尔手里有一支蜡烛，火焰在水中闪烁。接着他们找到了要找的东西：一团火，海床上的一堆篝火。它的火焰呈球形，就像微重力环境下的火焰一样，他们带着这团火回到了船上，而实际上那艘船只是大海中央的一块岩石。岩石上，她的母亲正抱着内尔今天记起的那只小猴子，也就是记忆里开普敦广场上的那只猴子。在梦中，这只猴子看起来很活泼而意味深长。啊，内尔想：我明白了。我终于明白了；这就是我要来太空的原因。一阵悲伤引爆了她的梦，将其炸得粉碎。她醒了，她不清楚自己在梦中明白了什么，那种感觉就在她脑海中，但一触碰就消失了。她对早已亡故的母亲的悲伤依然存在，但已经不再闷闷不乐了，只是有些淡淡的忧伤。当她再次入睡时，她看到的母亲已经不是自己的母亲，而是千惠的母亲。

一个奇怪的巧合是(他们永远不会发现)，肖恩也梦到了球形火焰，一种微重力下的火焰。没有别的，只有火焰，在太空中旋转。这让他感到忐忑不安，因为在梦的逻辑中，火焰否定了上帝的存在。接着，火焰变成了台风，一个小旋涡，看起来像一个星系，而他正远远地看着它。在夜里的某个时刻，他拿出耳塞，左右手各握着一个。

罗曼对满屋子的人说：我在娘胎就注定要成为宇航员。在我出生前，当我还通过脐带呼吸时，当我在失重状态游泳时，当我刚从无限中走出，并因此知道什么是无限时，我就打定主意要成为一名宇航员了。然而，屋里的人听他说完后开始大笑并鼓掌，好像他在开玩笑，其实，他只是说出了内心最真实的想法。即便被误解，他还是感到格外高兴。他父母在房间里一齐鼓掌，安东就站在他们身后。

千惠在半睡半醒中来到四国岛父母的海边小屋，

这时台风在呼啸，连月亮也被吹得倒向一边。她坐在门廊的台阶上，紧紧抱住母亲，而她母亲就像个孩子，她的手在千惠的手中小得像蜜柑。海浪拍打着台阶底部。她轻声安慰道：妈妈，没事的，没事的。今天是登月日，抬头看看天空。然而，她们看到宇航员们要登陆的月球，被台风吹离了地球的半个轨道，宇航员找不到它了。她的母亲说：我早就知道会这样。我早就知道。千惠紧紧抱住母亲，仿佛穿越了一千年，她将母亲紧紧抱在怀里。她心想：我本不该离开您的。我再也不会走那么远了。好些行星在地球旁边疾驰而过，发出橙色光芒。地球与被风吹离的月亮相撞，而她们依然坐在台阶上。她反复地说着：我再也不会走那么远了，我再也不会了。

安东再次梦到了月亮，这已经是第三次了。他像迈克尔·柯林斯一样独自在月球附近飘浮，他听到了一阵低语，但这次低语没有变成人声，而是变成了音乐，是小提琴，音符把空间拉长了，地球变得如此遥远，他几乎看不见。一切都随着音乐声弯曲。他恋爱了；他并没有质疑爱上了谁或什么，也没质疑他是怎么知道自己恋爱了，但他就是知道，于是他爬出宇航服，以便更好地感受这种富有弹性的、令人狂喜的时光；他摘下宇航服的头盔，却发现那只不过是一顶帽子,一顶丝绸帽,上面绣着一朵大红花。

彼得罗没做梦。他很难得地睡了一个深沉、安稳、无忧无虑的觉。他的呼吸和心跳都很平稳,他的脸没有皱纹,身体就像是由原子构建的,各部分很协调地组合在一起。仿佛他知道,外面的地球正在坠落,在不断地创造之中,而他却无能为力,什么也做不了。他仿佛就要醒来,然后说:我们这里的生活,既渺小,又承载着无尽的意义;既是日复一日的重复,又是前所未有的体验。我们既重要,又微不足道;站在人类成就的巅峰,却发觉这种成就转瞬成空。正是这份领悟,才是生命中最伟大的成就。生命本身,看似空无一物,实则超越万物之上。是某种独特的生命力,将我们与虚无的分隔;死亡虽然近在咫尺,但生命却无处不在,熠熠生辉。

第十五圈轨道

他们夜里从南极的冰架向东北方向航行，穿过大片无人见证的原始冰川，此时大家都已进入梦乡。印度洋在夜幕中悄然滑过，几乎感觉不到地球的存在。地球存在的唯一的迹象是大气层那淡橙色的线条，还有终生相伴、不离不弃的月亮。然而，透过大气层可以看到星星，地球的外缘仿佛是由玻璃制成的，或被容纳在玻璃圆顶内。随着他们航天器的轨道运行，地平线在不断变化更新之中，数十亿颗星星看似在向上飞速旋转并发出嘶嘶声。

也许这艘航天器是唯一的存在，在看不见的岩石星球上静静滑行。也许那些早期的探险家也有这种感觉，他们在茫茫大海上度过了一个漆黑的夜晚，距他们尚不敢确定是否存在的海岸已有数月之久，数千英里之遥。他们与陆地建立了亲密的联系，感觉自己是陆地上的唯一存在，并享受着这片刻的宁静。

舱内挂着钟，刚刚指向凌晨三点，外面的闪电在黑暗中缓缓而耀眼地闪烁着，相隔数十至数百英里，黑绸般的暗夜因风暴云的影响而变成了乳白色。赤道正在靠近，紧跟其后的是一颗尖叫着的星球，一团巨大的伯利恒之光。与其说是他们追逐着星球，不如说是星球在向他们直冲过来，黎明之光将黑暗驱赶到了船尾，云层(被台风摧毁的残骸)则形成了紫红色的汹涌山峰。

光线骤然涌出，如百钹齐鸣。几分钟后，晨光从马尔代夫、斯里兰卡和印度半岛的尖角处跃出海面，又一个早晨降临了。曼纳尔湾的浅滩和沙洲首先映入眼帘，右舷外能看到马来西亚和印度尼西亚的海岸，那里的沙石、海藻、珊瑚和浮游植物使海水呈现色调不一的青绿——但现在乌云翻滚，风暴肆虐，往日的宁静景象变成一片狼藉。当他们迎着印度东海岸攀升时，云层开始变薄；早晨的阳光逐渐升温，经过短暂的万里晴空后，孟加拉湾上飘来一团雾气，云层很稀薄，但覆盖面较宽。恒河的淤泥河口通向孟加拉国；赭色的平原和河流；千里山脊上的酒红色山谷；冰雪覆盖的喜马拉雅山脉；珠穆朗玛峰仅仅是一个难于辨认的光斑。远处覆盖着大地的是青藏高原一片棕黄色，这里冰川纵横，河流奔腾，点缀着蓝宝石般的冰湖。

现在，他们向上飞行，穿越中国的大山，经过九寨沟那令人惊叹的秋日斑斓景色，然后到达看似平淡无奇的戈壁沙漠。但仔细辨认之下便能发现这个大自然画家那鬼斧神工的笔触：沙丘中有水流动的痕迹，在一片棕色之中能看到鸭蛋青、柠檬黄和深红的色调，仿佛在干旱的土地染上油画色彩，把峡谷变成珍珠色的贝壳。接着，他们航天器向北进入了下午时分的朝鲜，并飞越北海道。日本就像一缕青烟在远方消失。第十一圈轨道和十六个小时前，他们向下从这里飞过，而现在他们向上再次掠过日本，沿着与太平洋海岭平行的俄罗斯群岛穿行，飞越白令海。现在，陆地看上去就像一块滑落的丝绸。

他们的确有一种翻越大陆，攀上并越过地球之巅的感觉，在北太平洋及其北面上空划过一道长长的、清晰的弧线。虽然他们的轨道围绕地球呈直线前进，但因为地球自转，在从北极圈的边缘到南部海域这段轨道,会较大幅度地南北偏移。现在,在其最北端,轨道再次下降。左侧远处是阿拉斯加标志性的冰原,犹如一块平滑、清脆的冰糖,一块无云、易碎的白色冰糕。南侧则有云层聚集,整个景观被浮冰的液体旋涡和云层占据。阿拉斯加半岛长长的尾巴;陆地、海岬和海湾一闪而过;山脉的脊梁;变薄的浮冰。加拿大一侧的海岸压根儿就不像海岸,倒是像被大锤砸得四散的碎片。

在他们来这里之前,总感觉这里是世界的另一极,一个遥不可及的地方。现在他们看到,陆地就像一个杂草丛生的花园,各个大陆都连成一片——亚洲和大洋洲并不是分开的,而是被中间散落各处的小岛连接在一起。俄罗斯和阿拉斯加鼻尖对着鼻尖,中间隔着的一小片水域不算什么。欧洲悄无声息地融入了亚洲。大陆、国家一个接一个地出现,应接不暇。感觉地球——不是变小了,而是连成了一片,是一部由流动诗篇组成的史诗,它不可能包含任何抵牾掣肘。即使海洋来了,来了,来了,那也是连续不断的海洋,犹如一幅长卷,只有湛蓝的海水,没有陆地或其他什么,仿佛你听说过的所有国家都滑入了空间的深渊。这时你也不会等待任何其他东西的出现,只有海洋,没有别的,从来没有。当陆地再次出现时，你会想，哦，我的天！就像你刚刚从一个摄人心魄的梦中醒来。当海洋再次出现时，你会想：哦，我的天！就像你刚从一个梦中的梦醒过来。你的梦如此之多，你都找不到从梦里走出来的路了，也不想尝试。你只是飘浮着，旋转着，飞翔着，深陷梦中深处一百英里。

夜色降临。向东，地平线变得模糊了，还没到呢，但正在逼近。太平洋在下方，内华达山脉白雪皑皑的山峰在渐渐远去的曲线中湮没。如果你通过变焦镜头观察，你会看到远处的旧金山、洛杉矶、圣地亚哥这些城市被镌刻在了陆地上，而陆地又被镌刻在海上，海岸线是尖锐的白色线条，焦灼的灰色灌木丛点缀其间。下加利福尼亚肥沃的沿海平原，中美洲瘦弱的"脖颈"，它们随后也在弯曲中远去了。

有时候，这种飞越地球的速度足以让人筋疲力尽、不知所措。你刚离开一个大陆，在一刻钟内又来到另一个大陆，有时候，刚过去的那个大陆的印象很难甩掉，它好像把生活的点点滴滴都刻在你背上了。地球上七个大洲就像火车窗外掠过的田野和村庄一样，一闪而过，转瞬即逝。昼夜、四季、星星、民主和独裁……应接不暇。只有当你晚上睡觉时，你才能摆脱这种永无休止的忙碌。但即使你睡着了，你也能感觉到地球的转动，就像你能感觉到躺在你旁边的人一样。你能感觉到地球的存在。你在七个小时的睡眠中能感觉到所有日子的流逝。通过自己的皮肤，你能感觉到所有沸腾的星星，感觉到海洋的情绪变动以及光线的起伏。如果地球在其轨道上暂停了一秒钟，你会突然醒来，意识到有什么不对。

黎明已经过去了四十分钟，夜色悄悄从东方蔓延开来，它还不太显眼，像海港边的一片污渍。蓝色换成了紫色，如此而已。绿色变紫色，白色变紫色，美国变成了紫色，至少是美国剩余的部分。不，美国已经消失了。夜晚展现了地球编织蓝绿的魔力。赤道再次被从北向南穿越，月亮变得昏暗，胖了一圈。现在，突然之间，终结者仿佛泄愤似的把白昼从地面上抹去，星星像雪花一样从不知何处冒了出来。乘员们在睡梦中感受到了夜晚陡然增加的重量——有人熄灭了这颗巨大行星的灯泡，他们进入了更深的睡眠。

现在他们处于海洋上空，厄瓜多尔和秘鲁海岸外的南太平洋。基多和利马这两个城市的出现，宣告了陆地的到来。这里的海岸闪电频发，绵延上千英里；海面上有两千英里长的积雨云带，而四千英里长的山脉构成了坚固的屏障。在见不到城市的最黑暗区域，有一片燃烧的雨林，像一块绵延上千英里、由橙色斑点组成的拼布。雨林燃烧的区域蔓延到安第斯山脉的边缘，穿过巴西东部，直达巴拉圭和阿根廷。轨道穿越了这片燃烧的陆地。一千两百万的生命栖息在布宜诺斯艾利斯下方，城市中心的居民涌入郊区，郊区的人涌入农田，农田的人涌入黑人区；河流汇入河口，河口汇入海洋，直到南极圈的高纬度地区。在地球的腹部下面，在这个夜色笼罩的广袤空间，隐藏着黄昏时分南极的奇异景象。但在这里更靠北的纬度上，天空上星星密布。你现在正在凝视银河系的中心区域，它的引力如此强大，如此令人着迷，以至于有些夜晚，你会觉得轨道已经脱离了地球，进入了那片深邃、密集的星团之中。数十亿颗星星在发光，要说此时是黑夜已经不真实了。

现在进入南大西洋长达两千英里的航程，一路上没有任何陆地，直到非洲最南端。但如果乘员在观察并调整他们的视线，他们不会感到空虚，只会感受到他们永远无法探究或理解的巨大慰藉。他们的空间站正是在这个夜晚航行了一段时间，迷失在世界之中。

开普敦灯光标志着数千英里非洲大陆的始

点——或终点。上升的轨道沿着它的海岸线向上移动,途经莫桑比克、坦桑尼亚、肯尼亚、索马里。在月光皎洁的夜晚,非洲大陆呈现出一种土黄色,上空云朵稀疏,雷电交加。城市的灯光隐秘而稀少。这里有马普托,那里有哈拉雷,那边有卢萨卡,前方是蒙巴萨,它们就像织锦上的小堆金币,彼此之间没有任何联系——没有夜灯照明的道路,也没有城市蔓延的痕迹。在这个向虚空倾斜的星球上,人类展现出一种美丽、天鹅绒般的贫困;你觉得自己可能会掉下去,但马上又出现了更多坚实的土地,你跟随它的轨迹穿过亚丁湾到达中东。

阿拉伯海上塞拉莱灯火,在柔和、旋转的沙漠中电光四溅。一分钟前,阿布扎比、多哈、马斯喀特还可以把远处的海岸线装点得如同宝石般璀璨,但现在时间已到——太阳又一次升起,银色的光柱划破了夜空。对于宇航员们来说,在太空中的日子里,他们已经历了成千上万次日出,而他们亲眼看到的也有成百上千次。如果他们此刻醒着,他们会从住处飘出来,再次观赏这一景象。他们不知道为何眼前的景象如此无休止地重复着,但每一次日出都是全新的。他们会打开观察窗的防护罩,意识到自己就像是真空中的一个孤零零的头颅和躯干,悬浮在一小片可呼吸的空气中。感激之情如此强烈，以至于他们无法用任何方式来表达，没有言语或思想能够与之匹敌，所以他们只能暂时闭上眼睛。地球依然会出现在他们的眼帘里，一个鲜活完美的几何球体，他们不知道这究竟是视觉残留还是心灵投射，因为他们的心灵如今已如此熟悉这颗星球，以至于无须任何参照物便能描绘出它的样貌。

每一次日出，并不会缩减或失去什么，每一次日出都让他们感到震惊。随着光线之刃劈下，太阳喷薄而出，这颗瞬间完美无瑕的星辰，就像倾倒的桶一样，将万丈光芒倾泻出来，淹没了大地，夜晚顷刻间变成了白昼。每次地球像潜水生物一样潜入太空，新的一天便开始了。日复一日，在太空深处，每九十分钟便产生新的一天，每一天都是崭新的，无穷无尽，这让他们感到震惊。

此刻，阿曼湾畔的那些城市正渐渐远去，它们在黎明曙光的映照下有点儿发白。玫瑰色的山峦及薰衣草色的沙漠出现了，前方是阿富汗、乌兹别克斯坦、哈萨克斯坦以及薄云中苍白的月亮。当他们飞越哈萨克斯坦时，不禁会产生一种无法解释的想法，即他们是从这里离开地球的，也将回到这里。回家的唯一途径是穿越大气层时要经受熊熊大火的燃烧，玻璃会被熏黑，只能祈祷防热罩能够抵挡住高温，降落伞和反推火箭能够顺利展开，而所有数以千计的移动和工作部件都能正常移动和工作。人们很难想象，那条被飞行员称为大气的细线，竟是他们必须冲破的障碍。他们坐在一个燃烧和翻滚的球体里面，必须经过拖曳伞的牵引才能再次看到哈萨克斯坦草原上的青草和野马。

宇航员们在睡梦中又完成了完整的九十分钟绕地飞行，这是他们当天第十六次绕地飞行中的第十五次。现在，向飞船右舷望去，只见白雪皑皑的喜马拉雅山脉，像一条路，一条广阔、开放的大道，绵延不绝。山脉以南是拉合尔和新德里等城市，它们在白天的光照中融入了自然环境，被不解风情的山川荒野完全吞没了，视野中仅见一条山脉向南蜿蜒。

进入俄罗斯的时间在上午十时左右，在强烈的阳光照射下，地球再次成为漆黑太空中一颗耀眼的玻璃球，她孤独而脆弱，邻近的恒星和行星都消失了。但与此同时，她恰恰又展现了与脆弱相反的特性：完美的地表上不存在任何可以破碎的物体，好像上面什么都没有——你越盯着它看，就越无法看到任何固态物体，它就越像一个幻影，一个圣灵。

整个地球都已环绕一遍，还将继续环绕下去。

每完成一圈，轨道就会向西移动几度。当轨道在九十分钟后再次向北移动时，他们将从东欧经过，迎来新的一天。

这是所有新的日子中全新的一天。地球被蓝色环带和白雪覆盖着，轨道几乎已经到达了最北端，并在北极圈的边缘完成了一个航程，无法看到更远处的北极景象。现在，空间站轨道下降，离开俄罗斯，开始向太平洋的五千英里航程。

第十六圈轨道

一

截至目前,登月宇航员们正乘坐一艘针箍形状的小指挥舱向月球轨道进发。他们正进入动力飞跃的第一阶段。地面控制中心的通信指挥官说:你们知道吗?人类被雷击中的次数最多的纪录已经被打破了,以前的记录是七次。上周,中国的一位男子第八次被雷击中。登月舱内的一名宇航员说道:哦,他没随身带上避雷针吗?另一名宇航员笑了:为了打破纪录,人真会将生命置之度外啊。通信指挥官告诉他们:被雷击中致死的人群中,百分之八十四的受害者是男性。一名女宇航员答道:这说得通,活得傻,死得早嘛。顺便问一下,您昨晚跟我们提到那头陷在泥炭沼泽里的牛，后来怎么样了？通信指挥官说：他们把它救出来了。牛陷在泥里一整天，他们找来了绳索和一辆三菱皮卡，把它拉了出来，希望它最终能给他们一点儿牛奶作为回报。你们现在看到的月亮是什么样子啊？他们答道：在阴影里，月亮看起来有点儿灰暗，像个胖乎乎的老头儿。月亮被砸得坑坑洼洼的，但感觉它还是很欢迎我们的。我们到达月亮的南极时，就可以看到降落点了，一定比我们想象的更震撼。通信指挥官告诉他们：在接下来的九个小时里，我们会确保你们安全无恙地到达那里。有人回应道：愿上帝保佑，再借点儿东风就好了。另一个人补充道：费了这么大劲，就为了救一头牛。从外部视角来看，你会看到他们沿着一条人类长期未曾踏足的人造轨迹，在两个旋转的球体之间蜿蜒前行。你会看到，他们并非独自冒险，他们的航道两边有无数卫星相伴，这个轨道空间布满了物体，包括两亿个抛弃物。这些物体包括运行中的卫星、被炸成碎片的旧卫星、自然卫星、油漆碎片、冷冻的发动机冷却液、火箭的上面级、斯普特尼克 1 号、铱星和宇宙系列卫星的碎片、固体火箭尾气颗粒、一个丢失的工具包、一个放错地方的相机、一把掉落的钳子和一副手套。两亿个物体以每小时两万五千英里的速度环绕地球飞行,它们看上去像在对太空的表层做喷砂。

从外部看,你会看到月球飞船小心翼翼地穿过这片太空垃圾场。它穿越了近地轨道,这是太阳系中最繁忙、最混乱的区域。然后,它点火推进,变轨前往月球。这里的垃圾比较少,空间干净多了。他们乘坐亿万富翁的火箭全速逃离垃圾场,就像逃离犯罪现场一样,离开这个四分五裂、火光四溅,在狂风暴雨中发出荧光的地球,远离那个疯狂肆虐地球的台风(其灾难程度尚无法估量),远离那片洪水泛滥的废墟及道路。远离这颗被人类劫持的星球,她就像被枪指着要害部位一样,在倾斜的轨道上摇摇欲坠。穿越二十五万英里的太空荒原,逃往那片尚未开发、待售的荒野,那片全新的黑金之地,那片亟待开发的处女地。

安东、罗曼、内尔、千惠、肖恩和彼得罗睡在管状模块里,这些模块每天都会受到各种物体的猛烈撞击,外表早已伤痕累累、坑坑洼洼。他们像蝙蝠一样悬挂在自己的舱室里。安东短暂地醒来,拳头抵着脸颊,他此时只想到飞往月球的宇宙飞船,带着孩童时期那种快乐,只是在他重新入睡时,这种愉悦就像泡泡一样破灭了。彼得罗在头顶上用绳索固定了一台显示器，他妻子发来了一条无声信息，链接到关于台风造成的破坏性场面的新闻，这条信息要到第二天早上才会被翻阅。肖恩的屏幕上也有一条未读信息，是他女儿发来的视频，上面是一只山羊在蹦床上跳跃，没有配文，只有ILY！（我爱你！）三个缩写字母。

这些空间站模块阴暗而密闭。里面有机器人工作站、阻力训练器、电脑(电脑上现在正上传着从地面发来的当日工作规划表)；有相机和显微镜、成堆的货物袋、实验手套箱、生物产品实验室及其小鼠模块、储存水袋的"池塘"、安东的卷心菜和豌豆苗、气闸室里的宇航服，宇航服就像一个人形木偶，散发着太空的燃烧气味，在那里傻不愣登地点着头。

现在将近凌晨五点，罗曼在早晨闹钟响之前的浅睡眠中，他知道现在应该在土库曼斯坦、乌兹别克斯坦附近的上空。也就是说，俄罗斯西南部还在左舷外的远处，即黑海和里海之间那片海角。一夜之间，这个季节的第一场细雪就覆盖了伏尔加河河岸上的萨马拉市和陶里亚蒂市，这条河流像一条黑色巨蟒，在白雪中向前蜿蜒。

就好像每圈轨道都被编码进罗曼的身体里。到现在为止，他已经在太空里待了将近半年了，他知道飞越地球时的路径、轨道的行进过程，以及它们的重复模式。即使在睡梦中，他也能隐约感觉到托利亚蒂大教堂金色圆顶反射出的光线——那是仿佛从虚空中突然出现的一束光。再往南一点儿就是伏尔加格勒市，他们从星城飞往哈萨克斯坦的发射塔时，从飞机上面就能看到市区的三角形。在飞机上看到伏尔加格勒，你就知道已经靠近哈萨克斯坦边境，正在离开俄罗斯及与之相关的人和一切。

飞船外部出现的裂缝有一两毫米宽，裂缝延伸的形状大致与伏尔加河汇流处的航拍地图相仿。这条裂缝离罗曼的脑袋不远，就在薄薄的合金外壳的另一侧。用环氧树脂和卡普顿胶带是无法修补的。俄罗斯舱内的气压略有下降，几乎察觉不到，还不足以发出警报，而时钟则继续嘀嗒响着，向起床时间及又一个令人迷醉的人工白昼逐渐靠近。

当你沿着飞船一直走到船尾，穿过越来越小的舱口和越来越老旧的舱室，来到安东和罗曼睡觉的破旧苏联地堡，你会看到桌上的残渣(这是这个机组成员一个坏习惯，他们总把晚饭后的清扫工作留到第二天)——桌上有些用维可牢尼龙搭扣固定的勺子，勺子旁边有两个空的橄榄袋，里面塞满了沾着罗宋汤的餐巾纸，还有四块在那儿慢悠悠打转的蜂巢糖碎屑，它们受舱内通风口和飞船通风口两股相反方向力量的驱使，僵持在那里；一边的风把它们推向另一边，另一边的风则把它们又吹了回来。在它们悬浮打转的下方，有固定在墙上，尚未开封的面包片。

离那四个打转的糖屑大约一英尺远的地方，墙上贴着罗曼崇拜的英雄谢尔盖·克里卡列夫的照片——他身材瘦削、整洁、深不可测，耳朵小，眼睛蓝，脸上带着一丝忧郁，还有一点儿蒙娜丽莎式的微笑。克里卡列夫正是进入这座太空站的头两个人之一，他也是第一个打开窗户上的灯，把光照进外面太空黑暗处的人。

罗曼仿佛预感到了使命的尾声，深知一切美好终将衰微，破败。这片曾见证无数宇航员足迹的地球轨道实验室，作为和平与科学探索精心构建的殿堂即将完成使命，落下帷幕。然而，它将终结于那股推动它诞生的不懈奋斗的精神之中，这种精神将引领我们不断前行，向宇宙更深处，向更遥远的未知领域迈进。月球，月球！火星，月球！乃至更远的星辰大海。人类的基因里保留着这种不断进取的精神气质。

或许我们就是新的恐龙，需要倍加小心。但我们或许会逆天改命，迁徙到火星，在那里建立一个温和的守护者殖民地。守护者将保护火星的红色环境，我们将设计一面火星旗，因为那是我们在地球上缺少的东西。现在我们禁不住会产生一个疑问：是不是因为这个原因地球才分崩离析的？当我们回望那颗微弱的蓝色小点时——那是我们曾经休养生息的地方——我们会说：还记得吗？听过那些古老的传说吗？存在过一颗母星，地球是我们的母亲。而火星，或是别的什么星球，将成为我们的父亲。我们毕竟不是未来的孤儿。

克里卡列夫仿佛一位神祇，照片中的他目光向外瞭望，带着耐心和克制注视着上帝的创造物。他心想，人类是一群水手，一群在海上航行的水手兄弟。人类不是这个国家或那个国家的，而是所有国家的，无论发生什么，他们始终团结在一起。他坐在舱内永恒的八十分贝的机械振动中，永远都一动不动，而他的四周有绿色的维可牢尼龙易燃墙密不透风地将他围在里面。每天、每周，船体上的裂缝都在扩大，而克里卡列夫的微笑则显得越来越傲慢，越来越神圣。

他似乎在静静地说道：要有光。

· · ·

一座低矮的教堂隐藏在椰子林里，里面有四五十个人躲在教堂的祭坛后面。洪水已淹到房顶，教堂到海岸的一英里椰子林已被潮水淹没，但树木的缓冲作用保护了教堂；教堂的东侧面向大海，没有窗户，其他朝向的窗户则安然无恙。教堂的大门在水的冲击下嘎吱作响，但它撑住了，没被冲开。混凝土墙也出现了裂痕，但也没倒塌。木质横梁被压弯了，大块灰泥从天花板上掉了下来。一条死鲨鱼从窗前翻滚而过。风势渐渐变弱了，教堂里的人现在已经听不到屋顶上风的呼啸声了。他们在祈祷上帝保佑，这座建筑若能再抵挡几个小时，洪水退去，他们便能得救了。

他们相信是圣婴在保佑他们，即使是不信教或信仰不够坚定的人现在也是这么想的。他们聚集在这尊耶稣圣婴雕像周围，不停地祈祷，几个小时过去了，仍没有停止。他们背对着大海，尽管洪水从窗户经过，他们仍在低声祷告，相互依偎在一起，他们认为自己一定目睹了神迹。除此之外，他们无法理解这座建筑是如何屹立不倒的，因为在这场台风的肆虐下，更大更坚固的建筑都倒塌了。如果圣婴在玻璃盒中安然无恙，那么他们也会安然无恙。他们从架子上取下圣婴雕像，围着雕像坐在一起，不敢乱动；不知怎的，几个吓得大哭的孩子现在都已安然入睡。

渔妇盘腿坐着，膝上坐着一个孩子，另一个孩子则依偎在她身上。另外两个孩子都把头枕在渔夫的膝上，身体蜷缩着睡着了，他的两只手放在他们的前额上。渔妇在仓促逃跑时，肩上被一块金属划开了一道口子，但她毫无怨言。教堂里弥漫着一种超自然的水光以及海盐和湿木头的气味。孩子们很安静，海水停止了涌动，它累了，需要休息，风渐渐平息了。

从太空看，菲律宾和印度尼西亚现在笼罩在多个旋涡和涡流中的云层之中，它们很快就会向西推进。台风与陆地相撞，碎成数片。在洪水的肆虐下，那些岛屿比几个小时前缩小了，形状也发生了变化。最糟糕的时刻已经过去了。

在第十六圈轨道的最后一次下降过程中，一股来自太平洋的炽热气流从东面涌来，它带着令人目眩的金色光芒。它既不是水，也不是土，而是光子，无法被抓住，也无法停留。随着夜幕在南太平洋海面降临，光线开始消失了。

几年后的某一天，这艘飞船将在它现在穿越的这片太平洋海域上优雅地脱离轨道，通过大气层坠入海洋，然后会有潜艇到海底去寻找它的残骸。这将是三万五千次轨道飞行之后的事情。现在航天器到达了轨道最深处，在这里可以看到南极的极光，还有一轮明月——像压弯的自行车轮那么大——在冉冉升起。现在是周三凌晨五点三十分；今天是登月日。星星爆炸了。

在太空上，随着星球发出光芒，电磁波便在真空中振动。如果将振动转化为声音，那么每个行星都有自己的音乐，即光的声音。还有它们的磁场和电离层的声音、太阳风的声音，以及在行星与其大气层之间无线电波的声音。

海王星的声音是液态的，急促的，就像狂风暴雨中的潮水击打着海岸；土星的声音就像喷气式飞机的音爆，声音共鸣时通过你的双脚和骨骼向上传导；土星的星环则不同，它的声音像是一阵飓风穿过废弃的建筑，节奏缓慢而扭曲。天王星则发出疯狂的嗖嗖声。木星的卫星木卫一发出金属的铿锵声，像音叉的声音。

地球，犹如一部复杂的交响乐，是由锯子和木管乐器合奏出的一首不和谐的练习曲，是全油门引擎轰鸣的怪异、扭曲的声响，是银河系部落间光速战斗的号角声，是清晨湿润的雨林中白鸟啼啭的回响，是电子迷幻音乐的序曲。而在这一切的背后，有一种银铃般的声音，一种喉咙发出的声音，这是一个正在成型，但略显青涩的和声，是从远处传来的合唱团的大合唱，是一种在静态中扩展的、天使般的乐音。你觉得它会迸发出一首歌，就像大合唱那样，带着强烈的目的性。这个念珠般光滑的星球，她的声音听起来具有一刹那的甜美，她的光芒即是一首大合唱，是万亿个物种的集结，在一个短暂的瞬间它们可以达到高度的和谐统一，然后便重归于一个狂野、欢快的世界，在静态的、银河系的木管与雨林令人迷幻的合奏中，清脆的咚咚声和混杂的翻滚声，交相辉映。

致　谢

感谢美国航空航天局（NASA）和欧洲航天局（ESA）为我提供了大量的资料。同时，我要感谢下列机构和个人的慷慨支持：作家协会（the Society of Authors）、圣马格达莱纳基金会（Santa Maddalena Foundation）、亚罗·萨韦利耶娃（Yaro Savelyeva），保罗·林奇（Paul Lynch）、马克斯·波特（Max Porter）、内森·法勒（Nathan Filer）、阿尔·哈尔克罗（Al Halcrow）、塞伦·亚当斯（Seren Adams）、达纳·弗里斯（Dana Friis）、里克·休伊斯（Rick Hewes）、安娜·韦伯（Anna Webber）、伊丽莎白·施米茨（Elisabeth Schmitz）、戴维·米尔纳（David Milner）、米哈尔·沙

维特(Michal Shavit)和丹·富兰克林(Dan Franklin)。是你们的支持,帮我走到了今天这一步。非常感谢!

作者简介

萨曼莎·哈维（Samantha Harvey），1975年出生于英国，在巴斯斯帕大学教授创意写作课程，曾在爱尔兰、新西兰及日本写作并生活。她曾获贝蒂特拉斯克奖新人奖、AMI文学奖、布克奖等奖项，被BBC文化栏目评选为"英国十二大杰出小说家"之一。

译者简介

林庆新，北京大学外国语学院教授、博士生导师，研究方向为英美现当代小说、中西比较文学等。

Copyright © 2023 by Samantha Harvey
Simplified Chinese translation copyright ©2025
By China Translation & Publishing House
ALL RIGHTS RESERVED
著作权合同登记号：图字01-2024-5970号

图书在版编目（CIP）数据

轨道 /（英）萨曼莎·哈维（Samantha Harvey）著；林庆新译. -- 北京：中译出版社，2025.1. -- ISBN 978-7-5001-8139-2

Ⅰ. I561.45

中国国家版本馆CIP数据核字第2024RM2169号

轨道
GUIDAO

出版发行：中译出版社
地　　址：北京市西城区新街口外大街28号普天德胜主楼4层
电　　话：（010）68359827；68359303（发行部）；68359725（编辑部）
传　　真：（010）68357870
电子邮箱：book@ctph.com.cn
邮　　编：100088
网　　址：http://www.ctph.com.cn

出 版 人：刘永淳　　　　　　出版统筹：杨光捷
总 策 划：范　伟　　　　　　策划编辑：刘瑞莲
责任编辑：王诗同　刘瑞莲　　执行编辑：杨佳特
营销编辑：吴雪峰　董思嫄　　版权支持：郝圣超　马燕琦

封面设计：潘　峰
排　　版：北京中文天地文化艺术有限公司
印　　刷：北京中科印刷有限公司
经　　销：新华书店

规　　格：880 mm×1230 mm　1/32
字　　数：101千字
印　　张：6.625
版　　次：2025年1月第1版
印　　次：2025年1月第1次

ISBN 978-7-5001-8139-2　　　　　定价：68.00元

版权所有　侵权必究
中 译 出 版 社